rororo

Von Bastian
für Mami
Weihn. 06

ro
ro
ro

Die Autoren:

Dieter Wedel wurde 1942 in Frankfurt/Main geboren. Er studierte Theaterwissenschaften, Geschichte und Publizistik und promovierte 1965. Sein erster Fernsehfilm «Willi» wurde 1967 gesendet und war der Anfang einer beispiellosen Erfolgsgeschichte. Zu seinen bekanntesten Fernsehproduktionen zählen «Gedenktag» (ausgezeichnet mit dem Jacob-Kaiser-Preis, dem DAG-Preis und dem Adolf-Grimme-Preis), «Wilder Westen inclusive», «Der große Bellheim» (insgesamt ausgezeichnet mit neun Preisen) und «Der Schattenmann» (ausgezeichnet mit dem Goldenen Löwen, dem Adolf-Grimme-Preis und dem «Romy»). Mit «Die Affäre Semmeling» setzt Dieter Wedel die Geschichte der Familie Semmeling fort, deren wechselvolles Schicksal er in «Einmal im Leben» (ausgezeichnet mit der «Goldenen Kamera») und «Alle Jahre wieder» geschildert hatte. Heute lebt Dieter Wedel in Hamburg.

Zusammen mit **Günter Handke**, Jahrgang 1920, schrieb Dieter Wedel das Drehbuch zu dem 1972 erstmals im NDR ausgestrahlten Fernsehfilm «Einmal im Leben». Günter Handkes Erfahrungen als Bauherr eines Eigenheims gaben Anregung und Stoff zu dem inzwischen zum Kultfilm avancierten Dreiteiler.

Ulrich Hoffmann arbeitet als Journalist, Autor und Übersetzer. Er war u. a. als Redakteur von «Cinema» und als freier Mitarbeiter von «Hörzu», «TV Movie», «TV Spielfilm» und «Bild» tätig und schrieb zahlreiche Romane zu bekannten Film- und Fernsehproduktionen. Ulrich Hoffmann verfasste auch den Roman zu Dieter Wedels neustem Fernsehfilm «Die Affäre Semmeling» (Wunderlich Verlag 2001). Er lebt in Hamburg und Kalifornien.

Dieter Wedel   Ulrich Hoffmann

EINMAL IM LEBEN

Die Geschichte eines Eigenheims

Der Roman zur Kultserie

Rowohlt Taschenbuch Verlag

Originalausgabe

Veröffentlicht im Rowohlt Taschenbuch Verlag GmbH,
Reinbek bei Hamburg, Januar 2002

Dieter Wedel ist Autor des Drehbuchs und nicht verantwortlich
für die Romanfassung, die im Auftrag des Rowohlt Verlags von
Ulrich Hoffmann erstellt wurde.
Lektorat Edith Beleites
Umschlaggestaltung any.way, Cathrin Günther
Umschlagfoto und Fotos im Innenteil © by Hedda Sachse-Haböck
Trotz aller Bemühungen konnten wir die Adresse der Fotografin
der Set-Aufnahmen nicht ermitteln, um sie von der Verwendung ihrer Fotos
zu verständigen. Wir bitten um Kontaktaufnahme mit dem Verlag.

Satz Minion PostScript (Page Maker)
Gesamtherstellung Clausen & Bosse, Leck
Printed in Germany
ISBN 3 499 22341 4

Die Schreibweise entspricht den Regeln
der neuen Rechtschreibung.

TEIL I

Die Entscheidung

Hätte man alles anders machen können? Oder alles sein lassen sollen? Nein, letztlich war es sicher richtig gewesen, und es hatte sich alles zum Guten gewendet. Auch wenn es lange nicht so aussah.

Er hatte sich damals im Wohnzimmer umgeschaut, jenem Wohnzimmer, in dem er und seine Familie schon seit fünf Jahren zur Miete wohnten. Sie hatten es wirklich schön dort, aber außer der Einrichtung gehörte ihnen nichts und würde ihnen nie gehören, egal, wie lange sie dafür bezahlten. Die Miete war verloren, Monat für Monat, Jahr für Jahr.

Nein, es war schon richtig gewesen, ohne Zweifel.

Eigentlich hatte er nie vorgehabt zu bauen. Ausgerechnet er! Bruno Semmeling, der Vorsichtige, der Verantwortungsbewusste. Er hatte immer wohl überlegt gehandelt.

Er war ein bodenständiger, vernünftiger Mann – eben norddeutsch. Sein Diplom als Ingenieur, die Heirat mit Trudchen, und selbst Kay, sein Sohn – es war alles gut geplant worden.

Vor sechs Jahren, im August 1964, war er im Konstruktionsbüro von Lemcke & Co. Maschinenbau in den Dienst getreten und seitdem immer korrekt, immer zuverlässig gewesen, hatte keinen Anlass für irgendwelche Beschwerden geboten.

Aber auch jemand wie Bruno hatte einen Geduldsfaden, und der war gerissen, als sein Vermieter Fricke, dem er in all den Jahren immer pünktlich die Miete zahlte, mit Hinweis auf ständige Reparaturen und andere Erfindungen seines raffgierigen Hirns sagenhafte 160 Mark mehr Miete verlangt hatte ab dem kommenden Jahr. Auch später war es ihm nicht gelungen, das Problem aus der Welt zu schaffen oder wenigstens noch einmal in Ruhe mit Fricke darüber zu reden. Der Vermieter saß ganz einfach am längeren Hebel.

Bruno hatte sich kaum beruhigen lassen, auch von seiner Frau nicht. Gleich am nächsten Morgen, noch vor der Arbeit, war er – noch immer empört – zum Kiosk gegangen, hatte sich das *Hamburger Abendblatt* gekauft und finster entschlossen angefangen, nach einer neuen Wohnung zu suchen.

«Wir Mieter sind zum Freiwild geworden, wir werden erpresst und ausgebeutet von Eigentümern und Unternehmern», klagte gerade in jenen Tagen ein Vertreter des Mieterbundes in den Fernsehnachrichten.

«Das Heim eines Menschen kann man nicht einfach dem freien Markt überlassen, vielmehr bedarf es einer sozialen Bindung», forderte der Mieterbund.

Demonstranten hielten Schilder hoch mit der Aufschrift MIETERSCHUTZ STATT EIGENNUTZ, und Mieter hängten Laken aus den Fenstern mit der Aufschrift: «Gegen Mietwucher und Spekulation!» Auch das wurde im Fernsehen gezeigt.

Bruno war ganz und gar einer Meinung mit den Demonstranten.

Er hatte Kollege Rasche von der Mieterhöhung erzählt. Wie der Mietwucher zum Störenfried für die gesamte Preisstabilität wurde und dass *er* jedenfalls nicht bereit war, sich das bieten zu lassen. Viele dächten so wie er. «Die Leute sind nicht mehr bereit, bloß für ihre Mieten zu arbeiten!», hatte er sich empört, und er war fest entschlossen, eine neue – eine bessere und preiswertere – Wohnung zu finden.

Rasche meinte, er solle sich lieber mit dem Vermieter einigen, alles andere werde teurer. Außerdem habe man als Mieter nun mal keine Rechte, und auch gegen ständige Mieterhöhungen könne man letztlich nichts unternehmen. So sei das nun einmal.

Auch Trudchen hatte gemeint, eine neue Wohnung zu suchen sei unnötig. Viel zu mühsam und auch zu kostspielig. Aber was zu viel war, war zu viel, und schließlich wusste er, Bruno, gewisse Dinge einfach besser als seine Frau, bei aller Liebe. Er ließ sich nicht beirren. Also machte er sich auf Wohnungssuche.

Als der Wecker ihn um fünf Uhr aus dem Schlaf klingelte, murmelte Trudchen verschlafen: «Bring Brötchen mit!» Bruno eilte im Morgengrauen durch die Stadt zur Geschäftsstelle des *Abendblatts.*

Dort angekommen, dachte er, so könne es nur vor russischen Metzgereien zugehen, wenn gerade das Gerücht von einer Lieferung die Runde gemacht hatte. Bruno atmete tief durch, stürzte sich ins Gewühl und war fünf Minuten später atemloser Besitzer einer Zeitung.

Für Wochen sollte dies sein samstäglicher Tagesbeginn bleiben: früh aufstehen, hinein ins Getümmel, auf dem Weg zurück lesen und aufpassen, dass man niemanden umrannte und nicht gegen Laternenpfähle lief. Beim Bäcker Halt machen, Brötchen kaufen. Beim Frühstück lesen, Angebote einkreisen und gleich anrufen. Termine vereinbaren und möglichst direkt nach dem letzten Bissen loshetzen, um nur ja nicht zu spät zu kommen.

Es waren enttäuschende, frustrierende Wochen; und die Angebote größtenteils indiskutabel. Massenhaft Neubauten – unerschwinglich, acht Mark pro Quadratmeter. Bruchbuden en masse. Bruno und Trudchen staunten! Fahrstühle, die nur stehen blieben, wenn man sich im richtigen Moment gegen die Tür lehnte. Verwohnte, düstere Löcher, die Unmengen an Renovierungskosten verschlungen hätten.

Einmal bekamen sie eine hübsche, geräumige Wohnung angeboten, direkt von einer vornehmen älteren Dame. Dummerweise sagte Trudchen dann bei der Besichtigung, man könne eines der Zimmer wunderbar als Kinderzimmer einrichten … Das war's dann gewesen. Schließlich gab es nun mal viel mehr Mieter als Wohnungen, und als Vermieter hatte man es nicht nötig, sich auf Kindergeschrei und Schrammen im Hausflur einzulassen.

Bruno Semmeling hatte sich das alles viel einfacher vorgestellt.

Da kam er wohl zum ersten Mal auf die Idee zu bauen. Er hatte sich mit einigen Kollegen über seine Situation unterhalten, zum Beispiel mit Kollege Schlehberger, der Bruno in der Kantine zuflüsterte, an seiner Stelle würde er keinen Augenblick länger überlegen. «Diese Unsicherheit! Der ewige Krampf mit den Hauswirten! Und wenn Sie ohnehin schon einen Bausparvertrag haben ...» Schlehberger zog vielsagend die Augenbrauen hoch. Er selbst baute auch. Fertigbau.

Auch Rasche redete ihm zu: «Was glaubst du, wie froh ich bin, dass ich's gemacht habe! Rein ins kalte Wasser! Ist doch die sicherste Kapitalanlage! Das Geld verliert an Wert, aber der Wert eines Hauses steigt ständig.»

Bruno hatte noch nie ernsthaft darüber nachgedacht, aber jetzt ... Rasche hatte ja Recht.

So wie Mahlkorn: «Sie zahlen dabei doch auf Ihr eigenes Konto, vergessen Sie das nicht! Miete ist verloren, aber für jede Abzahlungsrate gehört Ihnen wieder ein Stück mehr von Ihrem Haus.»

Da war ja was dran, da war ja zweifelsohne etwas dran.

In Gedanken versunken, hatte Bruno am Schreibtisch gesessen, abwägend, kaum mehr einen halben Schritt vom größten Abenteuer seines Lebens entfernt. Aber vielleicht hätte er sich trotzdem anders entschieden, wäre da nicht die Chefsekretärin gewesen, die einen ganz anderen Aspekt einbrachte: «Und vor allem ist es die beste Vorsorge fürs Alter. Wenn Ihnen mal was passiert. Ich meine, daran muss man ja auch denken! Dann hat Ihre Frau wenigstens eine Bleibe.»

Wenn es noch eines Arguments für den Bau eines eigenen Hauses bedurft hätte, so war es dieses. Bruno Semmelings Entschluss stand fest, noch ehe er ernsthaft über die Sache nachgedacht hatte.

Die Bausparkasse

Bruno Semmeling fühlte sich nicht wohl. Zwar hingen im Büro seines Sachbearbeiters Wenzel schöne Bilder von schönen Eigenheimen an den Wänden, zwar lächelte die Sekretärin in dem gelben Minikleid ihn nett an, während er auf ihren Vorgesetzten wartete, aber irgendwie fühlte er sich nicht wohl. Nicht nur, weil er eigentlich an seinem Arbeitsplatz hätte sitzen müssen und nicht hier. Er fühlte sich schlicht und einfach deplatziert.

Wenzel betrat den Raum, Brunos Police und andere Unterlagen in der Hand, begrüßte den sitzenden Gast mit einem knappen «Tach!» und wandte sich dann seiner Sekretärin zu.

«Fräulein Finke, wenn Sie mir bitte mal die Unterlagen raussuchen zu Em zweihundertfünfzig Strich sechzig-achtundvierzig-zweiundsechzig, vierundsechziger Abschluss.»

Fräulein Finke erhob sich unverzüglich. Sie hatte sehr hübsche Beine.

«Und», sagte Wenzel, «dann noch einen Darlehensantrag, Merkblatt und Selbstauskunft, ja?»

«Selbstverständlich, Herr Wenzel», sagte Fräulein Finke. Freundlich und dienstbereit.

«Ich möchte aber zunächst nur ganz allgemein ...», sagte Bruno und hob abwehrend die Hände.

Wenzel sah ihn streng an: «... eine Finanzierung durchexerzieren!»

«Äh, ja ...»

«Wie sie für Sie infrage käme. Bleibt natürlich unverbindlich.»

Fräulein Finke brachte die Unterlagen. Wenzel nickte. Bruno nickte auch. «Bisher ... habe ich niemals ernsthaft ans Bauen gedacht ...», sagte er unsicher. «Deswegen ...»

Wenzel setzte ein geübtes Lächeln auf. «Man muss ja nicht immer gleich das Schlimmste denken, wie?» Er lachte.

Bruno lachte mit.

«Bei der gegenwärtigen Lage, Herr Semmeling ...», sagte Wenzel und legte ihm eine Broschüre hin. «Hier, können Sie nachlesen: Mieterhöhungen, Geldentwertung ... Das kann ich Ihnen noch genauer in Zahlen belegen.» Er legte eine weitere Broschüre dazu, eine mit vielen Zahlen. «Die Flucht in den Sachwert, das ist jetzt das einzig Vernünftige.»

Diesmal schob er keine Broschüre über den Tisch, sondern ein Formular. *Darlehensantrag*, las Bruno, alles andere war sehr klein geschrieben. Wenzel blätterte um und deutete mit einem Kugelschreiber auf die gestrichelte Linie am Ende des Formulars.

«Hier müssten Sie dann später bitte unterschreiben, warten Sie, ich mache Ihnen ein kleines Kreuz dahin.» Wenzel wusste, was er wollte.

«Was den Zuteilungstermin betrifft, gibt es kein Hindernis», behauptete Wenzel. «Wie steht's denn mit Eigenmitteln?»

«Ja», sagte Bruno. «Im Augenblick kann ich das gar nicht so genau ...» Nervös rutschte er auf seinem Sessel nach vorn, aber dann sah er Wenzel wieder ins Gesicht und fand dort nur aufrichtiges Interesse. «Also, viel ist es jedenfalls nicht, glaube ich ...», wagte Bruno sich vor.

«Nur mal so über den Daumen gepeilt», sagte Wenzel aufmunternd.

Bruno legte die Karten auf den Tisch, eine nach der anderen, sein nicht vorhandenes Vermögen, sein Einkommen von knapp 2000 Mark, seine bescheidenen Karriereaussichten als Dipl.-Ingenieur bei Lemcke & Co. Maschinenbau, seine familiäre Situation als Vater eines Sohnes und Ehemann einer nicht erwerbstätigen Frau, und er erfuhr, dass es auch für einen Mann in seiner Lage überhaupt kein Problem war, ein Haus zu finanzieren. Wirklich überhaupt kein Problem. Schließlich gab es Millionen wie ihn, und sie hatten es alle geschafft.

Und was Bruno Semmeling noch mehr beruhigte: Wenzel machte das natürlich nicht zum ersten Mal. Der wusste, was er tat. Es würde schon alles gut gehen. Hatte Wenzel doch selbst gesagt: Nicht immer gleich mit dem Schlimmsten rechnen! Es hatten schon ganz andere gebaut.

«Sieh dir das an!», sagte er über den Frühstückskaffee hinweg zu seiner Frau und hielt ihr einen Artikel unter die Nase. «Eine sechsundsiebzigjährige Frau hat sich aus dem Fenster gestürzt, weil sie aus ihrer Wohnung rausmusste.»

Trudchen biss von ihrem Brötchen ab und schaute nur mäßig interessiert auf die Zeitung. «Mh», machte sie. Er nahm sich die Zeitung wieder und blätterte zu einem Artikel, der ihn noch viel mehr empört hatte als die Meldung vom Tod der alten Dame. «Und hier!», sagte er und klopfte auf die Zeitung.

«Willst du noch Kaffee?»

«Was? Ja. Hier! Bis zu fünftausend D-Mark mussten Sozialmieter auf den Tisch der Neuen Heimat blättern», las er vor, «wollten sie nicht unnötig lange auf das ihnen vom Staat verbriefte Recht, eine Sozialwohnung beziehen zu dürfen, verzichten. Dieses Geld haben sie, legt man wirtschaftliche Maßstäbe an, glatt verschenkt, denn Sozialmieter erhalten für ihr Darlehen keine Zinsen!» Empört sah er seine Frau an. «Schweinerei, findest du nicht?»

«Doch, doch», sagte sie. Aber sie schien nicht so recht bei der Sache zu sein, den Ernst der Lage nicht voll erfasst zu haben.

«Die Neue Heimat», las Bruno weiter vor, «betont, den Zinsgewinn habe letztlich der Staat, da er wegen der nicht entstandenen Zinsbelastung den sozialen Wohnungsbau entsprechend weniger subventionieren müsse.» Er faltete die Zeitung zusammen. «Das ist doch geradezu zynisch. Da kannst du mal sehen! Und das wird immer schlimmer!»

«Mh», machte Trudchen. «Milch?»

Kay erschien in der Tür zum Esszimmer. «Fährst du jetzt?», fragte er seinen Vater.

Bruno sah auf die Uhr und sprang auf.

«Vergiss den Termin um fünf nicht! Das Grundstück!», rief er seiner Frau zu, während er, schon halb im Jackett, zur Wohnungstür eilte.

17. Mai 1970

Bruno redet die ganze Zeit vom Bauen. Ich mache mir langsam Sorgen. Ich dachte, wenn ich nichts dazu sage, hört er von selber wieder auf, aber das tut er nicht. Heute sehen wir uns ein Grundstück an, aber es liegt sowieso viel zu weit draußen.

Ich kenne so viele Leute, die beim Bauen unheimlich Haare gelassen haben. Ulla und Heinz, die Fischers, die Johns, die sind alle mit dem Geld nicht hingekommen und mussten sich jahrelang strecken. Und dann vielleicht noch irgendwo weit draußen wohnen – nein, danke! Ich seh mich schon da sitzen, mitten zwischen den Zuckerrüben!

Der Makler

«Hier ziehen sie ja noch den Mond mit der Stange vor.» Fast alles, was Trudchen zu den Unterhaltungen beisteuerte, war in höchstem Maße destruktiv. Bruno war irritiert.

Welchen Sinn hatte es, ständig herumzunörgeln und den tüchtigen jungen Makler, der sich doch um ihretwillen bemühte, zu frustrieren und zu verärgern? Es würde noch so weit kommen, dass er ihnen seine schönsten Grundstücke gar nicht erst zeigte, bloß weil er sie nicht leiden konnte. Nicht auszudenken, fand Bruno. Und dass der junge Mann mit den modisch langen Haaren und der braunen Lederjacke offenbar etwas vom Grundstücksgeschäft verstand, dafür sprach nicht zuletzt, dass er seine Kunden in einem BMW-Cabrio von Grundstück zu Grundstück chauffierte.

Mal waren ihr die Kirchenglocken zu laut, mal war ihr «die Stadt» zu weit weg, mal die Schule. Mal waren die Grundstücke zu klein, mal zu matschig, mal fehlten ihr die Geschäfte, mal die Bushaltestellen, mal die Morgensonne. Nur wenn sie durch unerschwingliche Wohngegenden fuhren, sagte sie mit glockenheller Stimme vom Rücksitz aus: «Ach, hier fände ich's schon schön.» Oder: «Hier könnte ich's mir vorstellen.»

Anfangs kommentierte der Makler solche Bemerkungen noch mit humorvollen Hinweisen auf die Quadratmeterpreise, aber nach einiger Zeit gingen Bruno und er dazu über, die Kommentare aus dem Fond nur noch mit einem kurzen, aber viel sagenden Blick zu quittieren. Oder mit einem tonlosen Stöhnen, einem lakonischen Achselzucken. Bruno fühlte sich von dem Mann verstanden.

Aber schließlich wurden sie doch noch fündig.

Das Grundstück lag in Hansdorf. Ein bisschen ab vom Schuss, zugegeben. Direkt am Wald, aber trotzdem sonnig. Der Besitzer, Bauer Luther, wollte eigentlich nicht verkaufen.

«Eigentlich», sagte Luther, «also, die Ecke hier, mit dem Blick, da wollt ich immer selber bauen. Später mal. Das andere Grundstück», sagte er und deutete in den Schatten, «das können Sie haben.»

Semmeling blinzelte in die Sonne und zückte seinen Taschenkompass. «Da ist aber keine Morgensonne», stellte er fest.

«Anschauen können wir's uns aber doch mal», sagte der Makler.

Bruno bemerkte den säuerlichen Ausdruck auf Trudchens Gesicht und entdeckte den Matsch an ihren Schuhen.

«Für Kay wär das doch ideal hier draußen.»

Sein Verbündeter, der Makler, unterstützte Bruno. «Hier wohnen Sie doch praktisch mitten in der Natur. Einmalige Luft. Und die Stille, hören Sie mal!»

«Der Weg wird in nächster Zeit asphaltiert und verbreitert. Weiß ich aus ganz sicherer Quelle.» Luther nahm seine Pfeife aus dem Mund und zeigte auf einen matschigen Pfad. Der Makler trat auf Luther zu. «Um Himmels willen», sagte er leise, «nur nicht so tun, als ob Sie unbedingt verkaufen wollten.»

Luther nickte verlegen. «Ja, ich lern das noch.»

Der Makler mochte die Semmelings. Aber er musste auch zusehen, dass der Preis nicht purzelte. Oft musste er sich wehren, wenn es hieß, er als Makler treibe die Grundstückspreise in die Höhe. Aber die legte er ja nicht fest. Das waren die Gesetze des Marktes.

«Also», fragte Semmeling, nachdem der Makler sich wieder ihm zugewandt hatte, «das ist noch kein Bauland, sagten Sie?»

«Wird es», sagte Luther. «Heute oder morgen. Ich kenn einen im hiesigen Bauausschuss.»

Der Makler winkte lässig ab. «Da gibt's bestimmt keine Schwierigkeiten.» Er als Makler nutzte doch nur seine Beziehungen. Erst wenn er wusste, welches Land Bauland werden sollte, setzte er sich mit den Besitzern in Verbindung.

Bruno zögerte. Sicher, das Grundstück war hübsch. Andererseits gab es bestimmt auch noch andere hübsche Grundstücke. Aber eigentlich hatte er keine große Lust mehr, weiterzusuchen. Auf keinen Fall wollte er jedoch den Eindruck erwecken, er habe keine Lust mehr und finde das Grundstück hübsch, weil das bestimmt den Preis in die Höhe trieb.

Luther wandte sich ab. «Sie brauchen sich ja nicht gleich zu entscheiden. Wie gesagt.» Er ging zu seinem Auto.

Semmeling spürte plötzlich, dass ihm die Situation entglitt. Er hatte jetzt ganz klar den Eindruck, dass der gemütliche Mann im Grunde gar nicht verkaufen wollte. Seine wohl durchdachte Taktik schien nicht aufzugehen.

Aber noch war es nicht zu spät.

«Also, wenn ...», sagte er, und Luther blieb stehen. «Wenn, dann nur das Grundstück da vorn, das mit der Sonne.»

Luther trat wieder näher. Er dachte einen Augenblick nach. «Meine Frau reißt mir'n Kopp ab.»

Dann grinste er und hielt Bruno die Hand hin. «Auf gute Nachbarschaft.»

Bruno schlug ein. Was für ein schöner Augenblick das gewesen war. Der Makler gratulierte ihm und wandte sich an Trudchen: «Da kommen Sie ja doch noch zu Ihrem Grundstück, Frau Semmeling!»

Trudchen nahm zögernd seine Hand, sah kurz zu Luther und ging dann mit Bruno zum Auto. Sie zupfte ihn am Ärmel und fragte ungläubig: «Hast du das jetzt gekauft?»

«Ja. Nein, noch nicht. Erst mal nur so.» Er fühlte sich jetzt irgendwie von sich selbst überrumpelt.

Sie schwieg.

Als sie den Wagen erreichten, setzte der Makler in seinem Cabrio gerade zurück. Er lächelte aus dem offenen Wagen und nickte anerkennend.

Bruno erwiderte das Lächeln. Und er wurde wieder klarer im Kopf.

Bald würde er Grundstücksbesitzer sein. Der Gedanke erfüllte ihn mit Stolz.

Das Finanzierungsmodell

11. Juni 1970

Bruno rechnet sogar im Bett. Wahrscheinlich glaubt er, wenn er nur oft genug rechnet, wird es weniger. Er sagt, 800 Quadratmeter müssen sein, darunter verkauft Herr Luther nicht, und der Preis sei günstig. Aber das kostet 36 000 Mark. 36 000! Ich habe gesagt: Bruno, das kriegen wir nicht hin! Aber Bruno sagt, wir haben zwölftausend und ein paar Zerquetschte auf der Bank, und meine Erbschaft, das sind siebzehntausend, und dann will er Opas Papiere verkaufen, obwohl das doch unsere eiserne Reserve bleiben sollte.

Er hat gemerkt, dass ich mir Sorgen mache, und hat gesagt, dass ich entscheiden soll. Aber ich will nicht diejenige sein, welche. Nachher heißt es dann: Du wolltest damals nicht, hätten wir das man bloß gemacht!

Aber ich muss mich mehr kümmern, sonst wächst Bruno noch alles über den Kopf. Im Büro sagt er immer, er hat Zahnschmerzen. Er ist oft nervös und in Gedanken. Außerdem hat er gestern schon einen Spaten gekauft. Er kann es wohl gar nicht abwarten. Dabei haben wir doch noch gar keinen Garten!

«Aber was wollen wir denn da, Bruno?», fragte Trudchen, als sie am frühen Abend des nächsten Tages nebeneinander in ihrem klappringen Ford Taunus saßen und Richtung Hansdorf fuhren. Die Dämmerung setzte gerade ein.

Bruno lächelte geheimnisvoll. «Etwas überprüfen, Trudchen.»

«Aber was denn?»

«Pass auf, Liebling: Du kennst doch Scholz?»

«Nein.»

«Aus der Firma. Erzählt gestern in der Kantine von einem Bekannten, dem Beseler.» Er hielt an einer Ampel und sah seine Frau lächelnd an. Sie lächelte nicht und sah ihn nur fragend an. «Der hat ein Haus, der Beseler. Und dem stand das Wasser im Keller. Knietief. Auch im Sommer. Bei dem in der Straße guckt aus jedem Keller ein Schlauch.»

«Grün», sagte Trudchen.

«Was? Oh.» Er fuhr weiter und fuhr fort: «Was macht man da? Man pumpt das Wasser raus. Auf die Straße. Und was passiert? Es läuft gleich wieder rein. In den Keller.»

Sie erreichten die Abzweigung, die zu ihrem Grundstück – ihrem zukünftigen Baugrundstück – führte, und bogen ab. Der Wagen holperte über den Waldweg. «Also, was macht man da?», fragte er noch einmal.

«Weiß ich nicht.»

«Man macht es wie der Nachbar vom Beseler. Dem ist auch noch die ganze Klärgrube in den Keller gelaufen. Hat er sich eine Pumpe gekauft und einen langen Schlauch und alles reingepumpt in den Gleiseinschnitt von der Hochbahn. Weil das in der Gegend der tiefstliegende Punkt ist. Der prozessiert heute noch.»

Er bremste direkt neben dem Grundstück, stellte den Motor ab und grinste triumphierend. «Aber ich heiße ja nicht Beseler!»

Als Trudchen aus dem Wagen stieg, hatte Bruno schon den neuen Spaten aus dem Kofferraum geholt und marschierte damit über das Grundstück.

Er blieb stehen, prüfte den Boden mit dem Fuß und begann zu graben.

Als ein Radler vorbeikam, ließ Bruno den Spaten fallen und tat so, als müsste er sich nur einmal die Beine vertreten. Mussten ja nicht alle alles wissen.

Der Radler nickte freundlich und fuhr weiter.

Bruno kam sich ungeheuer clever vor. Er dachte einfach an alles.

Er grub und grub, bis er ins Schwitzen kam, aber ansonsten blieb alles trocken.

Das perfekte Grundstück!

Später ließ Bruno den Kaufvertrag beim Notar beglaubigen. Gebühr gem. Gebührenordnung:	726,20 DM
Der Notar leitete die erste Rate an den Grundstückseigentümer Luther weiter	20000,– DM
und ließ das Grundstück gegen eine weitere Gebühr ins Grundbuch eintragen.	104,04 DM
Der Makler wurde für seine Vermittlung bezahlt.	1956,80 DM
Dann ging Bruno zum Katasteramt, beantragte die amtliche Vermessung und erfuhr, das könne anderthalb Jahre dauern. Damit hatte er nicht gerechnet. Er erteilte den Auftrag einer privaten Vermessungsfirma.	715,– DM
Schließlich ging er zum Finanzamt Hamburg-Schlump – und musste sich dort sagen lassen, privater Grunderwerb sei nicht von der Steuer absetzbar.	23502,04 DM

«Das kriegen wir alles andersrum wieder rein», behauptete Wenzel von der Bausparkasse.

Bruno war schleierhaft, woher sein Sachbearbeiter diesen Optimismus nahm. «Aber Sie haben mir doch gerade gesagt, dass nun zu allem Überfluss auch noch der Betrag, der an meinem Bausparvertrag zur Zuteilungsreife fehlt, wesentlich höher ist, als wir dachten», sagte er irritiert, «und ...»

«Ist doch gar kein Problem, Herr Semmeling. Gar kein Problem. Also: Erstens lassen Sie sich von Ihrer Bank, von der Sparkasse, ein Darlehen geben – für Möbelanschaffung zum Beispiel.»

Bruno öffnete den Mund, aber Wenzel war schneller.

«Das kriegen Sie», sagte Wenzel. «Keine Frage.»

Bruno war total perplex. Er konnte doch kein Möbeldarlehen aufnehmen, um seinen Bausparvertrag aufzustocken! Oder doch? Ehe er sich darüber klar werden oder wenigstens diese Frage stellen konnte, war Wenzel schon beim nächsten Punkt.

«Das Darlehen zahlen Sie auf den Bausparvertrag ein, damit er zuteilungsreif wird. Da machen Sie sogar noch ein Geschäft. Bei uns kriegen Sie Provision, und die Zinsen für das Darlehen ziehen Sie von der Steuer ab – also zweimal Steuern gespart! Sie verstehen?»

Bruno schwirrte der Kopf. «Verstehe», log er. «Und der Betrag würde dann reichen, um ...?»

«*Dafür* müssen wir erst mal die Pläne vom Architekten und den Darlehensantrag haben.» Wenzel nahm sich einen Block und notierte etwas. *Gestehungskosten*, las Semmeling. Was war das nun wieder? Wenzel schrieb und redete gleichzeitig weiter: «Also ... erste Hypothek, gar kein Problem, über Ihre Lebensversicherung, dazu Arbeitgeberdarlehen, und wenn das nicht reicht ...» Er runzelte die Stirn. «Nein, wird's wohl nicht. Na schön, dann nehmen wir die erste Auszahlungsrate vom Bausparvertrag und schließen einen zweiten ab, den wir zur Zuteilungsreife, also vierzig Prozent, mit dem Geld vom ersten auffüllen.» Er machte einen triumphierenden Strich unter seine Rechnung und sah breit lächelnd auf.

«Ach so», sagte Bruno fasziniert. Er hatte kein Wort verstanden.

30. Juni 1970

Wir hatten Streit. Aber es lag nicht an mir. Ich war gestern bei der Bausparkasse und habe mit Herrn Wenzel gesprochen. Bruno hatte mir alles vorgerechnet, aber es stimmte alles nicht, und als ich ihm das gesagt habe, ist er wütend geworden. Dabei kann doch ich nichts dafür, dass er nicht rechnen kann! Er war beleidigt und hat gesagt, ich soll selber hingehen. Das habe ich auch gemacht. Der Herr Wenzel ist wirklich sehr nett. Ich habe zwar auch nicht alles verstanden, aber die Bausparkasse baut ja nicht ihr erstes Haus. Man muss so viele Dinge besorgen, wenn man bauen will: Finanzierungsnachweise, Grundbuchauszüge, Selbstauskunft, Baupläne, Baubeschreibungen und, und, und. Als Herr Wenzel mir das alles erklärte, hat er wohl gemerkt, dass ich ein bisschen ratlos war. Er ist wirklich sehr aufmerksam. Ich habe ihm von unseren Plänen erzählt, wie wir das Haus bauen wollen. Fertighaus kommt nicht infrage, sagt Bruno. Und Rasche auch. Ich finde ein richtiges auch schöner. Jedenfalls hat der Herr Wenzel uns einen Herrn Masch als Architekten empfohlen. Da fahren wir morgen hin, mit meinen Zeichnungen.

Ich habe an alles gedacht, sogar an einen Schuhschrank unter der Treppe. Ein Haus zu entwerfen macht richtig Spaß!

Architekten

Es war Bruno recht unangenehm, dass seine Frau ihre Pläne für das Haus so forsch auf den Tisch des Architekten legte. Zwar hatten sie das Haus gemeinsam entworfen und waren sich einig, dass es genau so aussehen sollte, aber Bruno hatte das Gefühl, dass der Architekt ihren Entwurf so wohlwollend ansah, wie ein Vater die Sandburg seiner Kinder betrachtete.

«Was ist das?», fragte Masch und tippte mit seinem fleischigen Zeigefinger auf den Plan. Direkt über seiner dicken schwarzen Brille wuchsen ein paar Falten aus seiner hohen Stirn.

«Die Gartenmöbelkammer», sagte Trudchen stolz.

«Aha. Und das?» Er zeigte auf eine Stelle unterhalb der skizzierten Treppe.

«Da soll ein Schuhschrank hin», sagte sie, «weil das doch sehr praktisch ist in der Nische da. Und dann hätten wir gerne noch …» Ehe Bruno einschreiten konnte, hatte sie ihre Tasche geöffnet und ihre «Sammlung» herausgeholt – einen Stoß Zettel, auf denen sie die Bilder aufgeklebt hatte, die sie seit Wochen aus allen möglichen Illustrierten herausschnitt. Sie schob Masch ein Foto von einem Kamin hin: «… so einen Kamin. Genau so einen.» Sie tippte auf den Plan. «In *die* Ecke.»

Masch wollte gerade etwas sagen, als seine Sekretärin das Zimmer betrat und Kaffee brachte. Trudchen achtete darauf, dass nichts auf ihren Plan tropfte.

«Herr Masch», sagte die Sekretärin, «der Herr Berthold ist am Telefon.»

«Ja, ja», knurrte Masch, «ich rufe zurück.» Er winkte sie aus dem Zimmer und wandte sich wieder den Semmelings zu. «Ja», sagte er mit einem kurzen Blick auf den Plan. «Originell.»

Trudchen lächelte geschmeichelt.

«Und was würde das kosten?», fragte Bruno.

«Also, passen Sie auf», sagte Masch. «Zunächst mal, ehe wir über die Kosten reden ...» Er nahm einen dicken Filzstift und zog den Plan zu sich heran. ‹Ich möchte mal erleben, dass einer kommt und sagt: Bon – so viel Geld hab ich, bau mir dafür ein Haus und alles andere überlässt du mir›, dachte Masch. ‹Aber nein, die Leute wollen riesige Wohnzimmer. Und die können sie nachher gar nicht möblieren, weil ja auch die Möbelindustrie sich schon mehr oder minder auf die kleinen Räume eingestellt hat. Was sich da irgendein Filmfritze ins Wohnzimmer hat stellen lassen, was die Frauen da aus den Illustrierten ausschneiden, das kriegen sie doch überhaupt nicht!›

«Dieses Wohnzimmer hat ...» – er rechnete murmelnd vor sich hin – «... achtundsechzig Quadratmeter. Ungefähr. Dafür kriegen wir gar keine Möbel, viel zu groß. Also, wenn wir hier ...» Er zog einen satten Strich mitten durch das skizzierte Traumhaus, und Bruno hörte seine Frau nach Luft schnappen.

«Das muss alles weg?», flüsterte sie. «Die ganze Hälfte?»

Besänftigend sagte Masch: «Na, Sie wollen doch nicht nachher, wenn das Haus steht, nur noch für Ihre Ratenzahlungen leben. Wir müssen doch Ihre Möglichkeiten berücksichtigen.»

Das leuchtete Bruno ein. Aber wo sollte der Kamin hin, wenn Maschs Furcht einflößender Filzstrich die Mauer wäre? «Soll der Kamin denn in *die* Ecke?» Er deutete auf die Zeichnung. «Das müsste er ja, wenn *das* hier wegfällt.»

«Ach, Kamin!» Masch winkte ab. ‹Klar, Kamin muss ja unbedingt rein, alles ohne Kamin ist ja heute schon Sozialwohnung.› Er zeigte auf seine neue Filzstiftwand. «Hier zwei Radiatoren, da und da, und das begradigen wir.» Er machte wieder einen Strich. «Sehen Sie mal, *so*! Gibt doch sonst alles Kantenzuschläge.» Er fügte zwei weitere Filzstiftstriche hinzu.

Trudchen schluckte. Tapfer fragte sie: «Aber unser Schuhschrank? Und die Nische für die Gartenmöbel?»

Bruno sah auf die Zeichnung. In der Tat. Das Haus war kleiner geworden. Sogar wesentlich kleiner. Eigentlich sah es jetzt aus wie ein kleines Viereck aus dicken Filzlinien. Für Schuhschränke und Gartenmöbel war nun kein Platz mehr. Dafür sah es aber sehr praktisch aus. Und sehr klein.

Masch hob abwehrend Hände und Augenbrauen. «Bitte sehr, ich mach Ihnen das. Mit Schuhschrank und Kamin. Sie sind die Bauherren. Aber wundern Sie sich nicht, wenn Ihnen nachher die Kosten weglaufen!»

Bruno sah seine Frau an. Trudchen sah ihren Mann an.

Masch erklärte: «Je mehr Kanten und Nischen, desto mehr Fehlerquellen nachher beim Bau. Unterschätzen Sie das nicht! Ein Hausbau ist kein Wunschkonzert.»

Bruno nickte. Das klang einleuchtend. Er dankte Masch. Und bemerkte den Blick seiner Frau. Zum Glück sagte sie nichts.

«Ich lasse neue Pläne machen», sagte Masch.

Auf dem Nachhauseweg machte Trudchen ihrem Ärger Luft.

«Dieser Masch ist unmöglich», sagte sie wütend. «Ein richtiger Stiesel. Der hat doch keine Phantasie. Wahrscheinlich war er nur neidisch, weil ihm das nicht eingefallen ist.»

«Wir sind die Bauherren, Trudchen.» Aber sie war nicht zu beruhigen. Sie hatte nicht mal Augen für die zu enge Parklücke, in die Bruno zurücksetzte. Bis es rumste.

«Ach, Bruno!»

Bruno stieg aus und besah sich den Schaden. Auch das, dachte er, würde bald der Vergangenheit angehören. Hausbesitzer suchen keine Parkplätze.

Am Donnerstagabend, bei der Besichtigung des Grundstücks mit Masch in Hansdorf, bestätigte sich auf eindrucksvolle Weise Brunos Eindruck, sein Architekt sei, trotz seiner etwas ruppigen Art, ein ausgewiesener Fachmann.

Brunos Freude darüber hielt sich allerdings in Grenzen.

Er war so stolz gewesen. Auf sich. Wegen der guten Lage. Wegen des schönen Blicks. Weil ihnen keiner was vor die Nase bauen konnte. Masch hatte anerkennend genickt. Und dann gefragt, wo das Loch sei, das Bruno gegraben hatte.

«Da drüben», sagte Bruno und folgte Masch.

«Und?», fragte er im Gehen, tief einatmend, hochzufrieden. «Wie finden Sie's?»

«Feucht», sagte Masch.

Bruno glaubte, sich verhört zu haben. Feucht? Wieso feucht? Er selbst hatte doch …

Er beugte sich vor. Und sah in sein eigenes Gesicht, das ihn völlig entgeistert aus der Grube anstarrte.

Bruno bückte sich und fasste in den Wasserspiegel. Seine Züge entgleisten. «Aber, es war doch trocken!», stammelte er.

«Ja», lachte Masch düster. «Da sind Sie wohl zu früh weggegangen. Bis sich das Grundwasser angesammelt hat, das dauert natürlich.»

«Natürlich», echote Bruno.

«Hier brauchen Sie eine Drainage, sonst steht Ihnen nachher die Brühe im Keller bis hier.»

Geschlagen sah Bruno zu dem Architekten auf.

«Das verteuert die ganze Sache natürlich noch.»

«Natürlich», wiederholte Bruno tonlos.

«Ich lasse von mir hören», sagte Masch und wandte sich zum Gehen.

Drei Wochen sollte Bruno mit dem Versuch verbringen, den Architekten an sein Versprechen zu erinnern. Wann immer er in Maschs Büro anrief, sagte seine Sekretärin, ihr Chef sei nicht da, Bruno solle es wieder versuchen. Bruno versuchte es wieder. Und wieder. Und immer wieder. Schließlich bat die Sekretärin Bruno, nicht mehr anzurufen. Ihr Chef rufe zurück. Bruno bedankte sich. Masch aber rief nicht zurück.

Dann kam die Zeit, als es hieß, die Pläne seien fertig. Maschs Sekretärin sagte, sie seien in der Post. Die Pläne kamen aber nicht an. Die Sekretärin konnte sich das auch nicht erklären. Bruno fragte wieder nach Masch. Masch sei nicht im Büro. Bruno fuhr auf die Großbaustelle, auf der Masch sich aufhielt, und bekam seinen Architekten beinahe zu fassen. Doch ausgerechnet jetzt hatte Masch leider überhaupt gar keine Zeit. Er versprach, die Semmelings anzurufen.

Er rief nicht an.

Bruno konnte sich das nicht erklären. Aber das änderte nichts. Er konnte den Mann ja nicht zwingen.

Nach fünf Wochen waren die Semmelings wieder da, wo sie angefangen hatten. Sie suchten einen Architekten.

An guten Ratschlägen mangelte es nicht – jeder schien einen erstklassigen Architekten zu kennen. Die Kollegen, der Bäcker, der Schlachter, der Tankwart, einfach jeder. Aber Bruno hatte aus dem Vorfall gelernt. Masch war eine Empfehlung von Wenzel gewesen, und Wenzel verstand von Bauangelegenheiten mehr als alle anderen Menschen, die er kannte.

Die Konsequenz lag auf der Hand. Wozu auf die anderen hören, wenn Masch schon die bestmögliche Empfehlung gewesen war? Also verließ Bruno sich ganz auf sein Gefühl.

«Lerge» war der Name, an dem sein übers Branchenbuch gleitender Finger zum Stehen kam. «Lerge», das klang positiv, das klang entfernt nach Hoffnung. Er rief an und vereinbarte einen Termin. Für sich allein. Ohne Trudchen. Vorsichtshalber.

Bruno ließ sich die Laune weder durch das schäbige Vorzimmer noch durch die Hochhausbilder im Musterbuch vermiesen, die er schon in Maschs Musterbuch gesehen zu haben glaubte. Er war so wild entschlossen, den Architekten Lerge für den Richtigen zu halten, dass nicht einmal der Mann selbst ihn davon abbringen konnte. Obwohl Lerge deutlich älter war, als Bruno gedacht hatte. Obwohl er weniger sagte, als Bruno gedacht hatte. Und obwohl sein Jackett ebenso abgewetzt wirkte wie sein Büro. Äußerlichkeiten, dachte Bruno. Darauf darf man nichts geben.

Bei Masch hatte alles nett ausgesehen, aber nett gewesen war nichts.

4. August 1970

Bruno hat einen neuen Architekten gefunden, einen Herrn Lerge. Bruno ist richtig begeistert. Er sagt, Lerge wird nicht so an unseren Plänen herumkritteln wie dieser Stiesel Masch. Lerge hat sich den Plan angesehen und wollte gar nichts ändern. Er soll ein stiller, gediegener alter Herr sein, Rheinländer. Bruno meint, er wird mir gefallen. Morgen gehen wir zusammen hin. Einen Reinfall wie mit diesem unmöglichen Masch möchte ich nicht noch einmal erleben. Was sich manche Leute einbilden! Immerhin bezahlen wir doch dafür. Den Architekten geht es eben einfach zu gut. Frau Hagen von unten war heute hier und hat sich unsere Wohnung angesehen, für ihre Schwester. Die will im nächsten August einziehen. Allerspätestens. Im August sind wir ja auch schon lange in unseren eigenen vier Wänden.

Zentnerlasten fielen von Brunos Schultern, als er merkte, dass der neue Architekt auch seiner Frau gefiel. Beim Eintreten hatte er ihre Skepsis bemerkt, angesichts des Büros. Angesichts auch des Architekten selbst, seines Anzugs und seiner Leibesfülle, die darauf schließen ließ, dass er gutes und reichliches Essen zu schätzen wusste. Und nicht zuletzt angesichts der Flasche Korn, die neben den Plänen auf Lerges Schreibtisch stand.

Aber Lerge hatte die Zauberworte gefunden, die Trudchen hören wollte, gleich zur Begrüßung, noch bevor er die Flasche geöffnet hatte. «Dat haben Sie sehr schön gemacht. Anerkennung. Allet vorzüglich.»

Danach hatte Trudchen gern mit ihm angestoßen. Und Bruno sowieso.

Lerges nächster Satz war dann zwar weniger zauberhaft gewesen, aber zum einen war das Eis bereits gebrochen, und zum anderen brachte der alte Mann seinen Einwand so behutsam vor, dass weder Bruno noch Trudchen ihm deswegen böse sein konnten.

«Es is nur so», sagte Lerge, «für *dat* Haus is Ihr Grundstück zu klein.»

«Wieso?», sagte Bruno erschrocken. «Wir haben doch alles genau nachgemessen.»

«Ja, ja.» Lerge nickte und drehte den Plan um, sodass Bruno alles richtig sehen konnte. «Aber seh'n Sie mal hier. Da fehlen am gesetzlichen Mindestabstand zum Nachbarn zwei Meter. Es sind nur vier. Sechs müssen sein. Dat konnten Sie natürlich nich wissen.»

Er schenkte sich ein bisschen Korn nach.

Trudchen brauchte einen Augenblick, um das zu begreifen. «Heißt das, dass wir unseren schönen Plan wegwerfen müssen?»

«Neenee», sagte Lerge schnell, «dat wär ja jammerschade, ne? Sie müssten halt ...» Der Elan verließ ihn. «Na ja. Ich weiß nich ...»

Bruno assistierte mutig. «Alles nochmal neu entwerfen, von vorn anfangen? Einen ganz neuen Plan? Oder gibt es noch eine andere Möglichkeit?»

Lerge nickte. «Oder 'n bisschen wat dazukaufen vom Grundstück nebenan. Da führt kein Weg dran vorbei.»

«Darf ich mal?», fragte Bruno und nahm sich ein Stück Papier, ohne die Antwort abzuwarten. Er spürte den erwartungsvollen Blick seiner Frau. Die paar Quadratmeter mehr, das konnte doch so schlimm nicht sein. 2 mal 34 mal 45 Mark ... Lieber Himmel! Es war *doch* schlimm. Die Kosten galoppierten ihnen sowieso schon davon, und sicherlich musste man mit weiteren Kosten rechnen, kleineren Beträgen, die man schlicht und einfach vergessen hatte, die sich erst im Laufe der Bauarbeiten ergeben würden, und wie er das alles finanzieren sollte, wusste allenfalls Herr Wenzel.

3060,– Mark.

Plus.

Immerhin bekamen sie dafür aber auch ihr Traumhaus. Bruno sah seine Frau an. Sie lächelte erwartungsvoll. Er sah den Architekten an. Der lächelte ebenfalls.

Bruno schloss sich der allgemeinen Hochstimmung an. «Man baut nur einmal», sagte er.

21. August 1970

Ich bin fast jeden Tag mit dem Rad unterwegs. Heute habe ich wieder vier Häuser und Bauplätze geschafft, inzwischen habe ich bestimmt hundert gesehen. Früher hat mich das alles nicht interessiert, keinen Strich. Jetzt klaue ich Steine. Vorgestern musste ich rennen. Wieso hat einer aber auch einen Hund auf dem Bauplatz? Die Steine habe ich wieder zu Herrn Lerge gebracht, wie immer, damit er den richtigen für unser Haus aussucht. Allmählich werde ich richtig zum Fachmann. Bruno kann sich darum nicht kümmern, der ist ja so eingespannt in der Firma. Die Arbeit wird immer dann besonders viel, wenn man sie nicht brauchen kann, und Bruno hat schon so oft gesagt, er müsse zum Zahnarzt, dass es langsam unglaubwürdig wird. Morgen besuchen wir Schlehbergers. Die sind schon fertig mit Bauen.

Bruno war stolz auf seine Frau. Sie legte sich mächtig für den Bau ins Zeug, fuhr mit dem Fahrrad herum und sah sich Bauplätze an, und ständig brachte sie Steine mit. Das fand Bruno besonders erfreulich. Nicht die Steine an sich, sondern die Tatsache, dass andere Bauherren sich solidarisch zeigten und seiner Frau bereitwillig diese Steine schenkten.

Am Wochenende fuhren sie die Schlehbergers besuchen. Bruno trug einen Anzug, Trudchen ein violettes Kostüm. Die Schlehbergers hatten sie in ihr Fertighaus, Modell Bermuda, eingeladen: 108 Quadratmeter Wohnfläche, vier Zimmer, Küche, Bad, Gäste-WC. Gesamtkosten: 98 500 Mark. Schlehberger verdiente nur unwesentlich mehr als Bruno, und das machte Bruno Mut. Was der schaffte, konnte er auch schaffen. Oder sogar mehr. Denn «Bermuda» war seiner Meinung nach kein Traumhaus. Schön, es sah ganz hübsch aus, von außen. Aber es kam von der Stange, und das sah man ihm an. Wie konnte einer eine echte, innige Beziehung zu etwas entwickeln, an dessen Planung er nicht mitgewirkt hatte? Dieses Haus hatten die Schlehbergers lediglich aus einem Katalog ausgesucht.

Kein Herzblut – kein Traumhaus.

Die Schlehbergers, Walter und Hanni, standen schon auf der Terrasse und winkten ihnen zu, als sie näher kamen. Es war ein sonderbarer Anblick, fand Bruno, denn es nieselte, und um das Haus herum, dort, wo später einmal der Garten sein sollte, war nichts als brauner Matsch. Das Haus stand im Schlamm, als hätte ein Raumschiff es aus dem wolkigen Himmel fallen lassen, in unbewohntes Gebiet, mitten in den Sumpf.

Schlehberger bedeutete ihnen mit einer weit ausholenden Handbewegung, ums Haus herumzugehen. Er verschwand im Inneren, und die Semmelings balancierten über den provisorischen Lattenweg zum Eingang von «Bermuda».

Der Hausherr empfing sie herzlich und mit dröhnender Fröhlichkeit. So war er nun einmal. Aber Bruno fand, dass sich nun auch noch ein gerüttelt Maß Besitzerstolz in die Gesten und Töne seines Kollegen mischte. Es stand ihm gut zu Gesicht.

«Wundert euch nicht», sagte Schlehberger, als er Trudchen aus dem Mantel half, «es sind noch ein paar Leute da, die gehen aber gleich. Hier entlang bitte!» Er streckte den Arm in Richtung Wohnzimmer aus.

Bruno hörte Irene, die siebzehnjährige Tochter der Schlehbergers, mit den anderen Besuchern die Treppe herunterkommen. Gehorsam gab Irene ihnen Auskunft, aber sie klang dabei außerordentlich mürrisch. Was vielleicht an dem Kaugummi lag, den sie hörbar schmatzte. «Ja, das war das Schlafzimmer», sagte sie. Bruno hatte erwartet, ein paar junge Leute in weiten Hosen und bunten T-Shirts in ihrer Begleitung zu sehen, und war einigermaßen überrascht, dass es sich um ein älteres Ehepaar und einen Herrn mit Boxer handelte.

«Waren die Schränke mit im Preis drin?», fragte die ältere Dame, und Irene erwiderte: «Nee, das war 'n Extra.»

Die Versammlung marschierte an Bruno, Trudchen und Schlehberger vorbei, die noch immer in der winzigen Diele standen. Bruno lächelte und erwartete, dass Schlehberger ihm die anderen Gäste vorstellte, aber der dachte gar nicht daran. Das ältere Ehepaar ignorierte ihn, der Mann mit dem Boxer lächelte wenigstens zurück.

Bruno beugte sich zu dem Hund hinunter und sagte freundlich: «Na, du?» Der Besitzer sagte: «Der beißt.» Bruno zog seine Hand zurück.

«Kommt ihr?», fragte Schlehberger.

«Ja», sagte Bruno.

Irene stieß die nächstgelegene Tür auf. Im Zimmer dahinter saß ein junger Langhaariger und hörte Musik. «Mein Zimmer», sagte sie und schmatzte weiterhin laut auf ihrem Kaugummi herum.

«Und wo ist die Küche?», fragte die ältere Dame.

Irene zog die Tür zu und marschierte weiter.

Schlehberger schloss die Wohnzimmertür hinter Bruno.

«So», sagte er und klatschte in die Hände. «Schön, dass ihr da seid.»

Bruno sammelte sich. Er versuchte, die anderen Besucher zu vergessen, und begrüßte Schlehbergers Frau Hanni. Sie sah müde aus, fand er. Man nahm an der Kaffeetafel Platz, und ehe Bruno den Raum auf sich wirken lassen konnte, hatte Schlehberger bereits seinen Zeigefinger ausgefahren und wies auf ein wichtiges Detail hin.

«Echt Marmor.»

«Wie?», fragte Bruno. «Wo?»

«Die Fensterbank.»

«Oh. Sehr hübsch. Ja.»

Frau Schlehberger schenkte Kaffee ein. «Wir sind auch ganz glücklich hier», sagte sie, als hätte sie den Text auswendig gelernt. «Kuchen?»

«Gern», sagten die Semmelings.

«In Amerika», sagte Schlehberger, «gibt's das ja gar nicht mehr, diese konventionelle Bauweise.»

«Ach was?», sagte Bruno, dem die Besucher nicht aus dem Kopf gingen. «Sie waren in Amerika?» Er hörte Irenes entnervte Stimme durch die dünnen Wände dringen. «WC vom Bad getrennt ...»

«Nee!», sagte Schlehberger etwas irritiert, nahm seinen Faden aber schnell wieder auf. «Die bauen sogar schon Wolkenkratzer aus Fertigteilen.» Seine Frau verteilte den Kuchen. Semmelings bedankten sich, und Schlehberger fuhr fort: «Wissen Sie, im Betrieb ... die Kollegen, die haben mich alle gewarnt vor einem Fertighaus. Keine Ahnung haben die!»

Bruno nickte höflich, während er seinen Kuchen aß.

«Und absoluter Festpreis. Da weiß man, woran man ist.»

«Das ist was wert», bestätigte Bruno.

Schlehberger beugte sich augenzwinkernd vor. «Und dann womöglich noch so 'ne Sonderregelung, wie ich sie hab ...»

Ohne Vorwarnung ging die Tür auf, und Irene führte die anderen Gäste ins Wohnzimmer. Bruno stand auf und streckte seine Hand aus. «Semmeling», sagte er. Schlehberger trank ungerührt weiter Kaffee und machte auch diesmal keine Anstalten, die Semmelings mit den anderen Gästen bekannt zu machen. Bruno erntete lediglich einen kurzen, verständnislosen Seitenblick von den anderen, dann sahen sie sich weiter im Wohnzimmer um. Peinlich berührt setzte Bruno sich wieder hin.

«Wohnzimmer», schmatzte Irene, «sechsunddreißig Quadratmeter, Spannteppich – wahlweise Parkett.»

«Man ist ja schließlich stolz auf sein Haus», sagte Schlehberger mit vollem Mund.

«Wird Ihnen dann ja nicht anders gehen. Ich meine, ist doch klar, wenn einer kommt und will sich umsehen – bitte sehr!»

Bruno nickte.

«Und wenn man dafür auch noch was kriegt – kräftig sogar …» Schlehberger grinste und machte eine Handbewegung wie beim Geldzählen.

Die ältere Frau sagte: «Vielen Dank. Auch sehr hübsch eingerichtet.»

«Nichts zu danken», winkte Schlehberger gönnerhaft ab. «Sie finden raus?»

Die Besucher gingen. Frau Schlehberger stand sofort auf, zog einen Lappen aus der Tasche und begann den Teppich damit zu bearbeiten.

«Was glauben Sie denn», sagte Schlehberger mit unerschütterlichem Stolz zu Bruno, «was die Firma springen lässt, dass ich denen das Haus ein Vierteljahr lang als Musterhaus zur Verfügung stelle?»

«Äh», sagte Bruno, der langsam begriff.

«Anständiger Rabatt, sag ich Ihnen!» Schlehberger schien erst jetzt zu bemerken, dass seine Frau neben seinem Sessel auf allen vieren hockte und den Boden scheuerte. «Nu lass doch den Teppich!», sagte er und schob sich noch einen Bissen Kuchen in den Mund. «Fünftausend Eierchen.»

«Bitte?», sagte Bruno.

«Fünftausend Eier!»

«Oh. Ach so.»

«Im Sitzen verdient.»

Schlehberger lachte stolz. Noch stolzer wurde er, als es an der Tür klingelte. «Da! Die Nächsten! Was glauben Sie, wie das hier raus- und reingeht!»

23. August 1970

Ich fand es schrecklich gestern bei Schlehbergers. Die arme Frau! Mit dem Mann möchte ich nicht verheiratet sein. Da ist

Bruno doch ein ganz anderes Format, auch wenn er manchmal fast zu leise auftritt, zu bescheiden. Nach dem Besuch hat er gesagt, dass er mit Schlehberger nicht in einem Boot sitzen will. Ich glaube, er macht sich große Sorgen wegen des Geldes. Er redet im Moment nicht viel darüber, und er denkt, ich merke nichts davon. Aber schließlich kenne ich ihn, ich muss ihn doch nur anschauen! Ansprechen werde ich ihn darauf aber lieber nicht.

Wir waren dann noch bei Rasche, der baut auch. Aber kein Fertighaus. Küche und Klo nach Süden, so was Idiotisches, die werden im Sommer braten. Ich habe einen Verblendstein mitgenommen, und Bruno hat sich gewundert, weil ich Rasche nicht gefragt habe. Was glaubt er eigentlich, wie ich zu all den Steinen komme? Manchmal ist er richtig naiv.

Nach Lerges Kostenvoranschlag sollte das Haus nun etwa 120 000,– Mark kosten. Nahm man alle Zinsen und Zinseszinsen zusammen, verdoppelte sich der Betrag, und es kam Bruno manchmal merkwürdig vor, dass er sein Haus zweimal bezahlen sollte, nur weil ihm jemand Geld lieh.

Aber ernsthafte Sorgen bereitete ihm das nicht. Er war nicht leichtfertig, das Risiko war überschaubar, und Wenzel von der Bausparkasse teilte seine Zuversicht. Die leisen Sorgen, die ihn manchmal befielen, wurden ausgeglichen durch die schönen Seiten der Planung, durch die langen Abende, an denen er und Trudchen zeichneten, sich vorstellten, wie sie in ihrem eigenen Wohnzimmer saßen und hinausschauten in den Garten, in dem Kay fröhlich spielte. Still war es in ihren Träumen draußen auf dem Land, still und schön – erholsam eben. Kein Auto war zu hören, nur manchmal, aus der Ferne, wenn der Wind ungünstig stand, das leise Summen der Autobahn. Vögel zwitscherten, die Morgenluft schmeckte nach Tau, nicht nach Benzin, und die Sonne schien ihnen beim Frühstück ins Gesicht.

Sie begutachteten Trudchens gewaltige Steinsammlung und entschieden sich mal für diesen, mal für jenen Klinker. Sie besprachen sich mit Lerge. Der hörte ihnen interessiert zu und lobte ihre Vorschläge.

Es war eine herrliche Zeit. Es ging voran. Im Frühjahr sollten die Bauarbeiten beginnen. Der alte Lerge stand mit Rat und Tat zur Seite und hatte immer ein offenes Ohr für seine Kunden. Er tat, was er konnte, und die Semmelings waren hochzufrieden mit ihrem Architekten.

Lerge fertigte eine Baubeschreibung an.

Bruno unterschrieb.

Lerge legte die Pläne dem Bauamt zur Genehmigung vor, dann ließ er die Statik anfertigen, um eine Baufreigabe zu erlangen.	986,– DM 1811,– DM

Und dann starb er.

Bruno ging die Sache sehr nahe. Aus sehr persönlichen Gründen, die nicht unbedingt nur etwas mit Lerge als Mensch zu tun hatten.

Die Stimme des Pfarrers hallte über den Friedhof. Bruno trug seinen schwarzen Anzug und starrte in das Grab. Dort wurden mit dem Architekten auch seine Träume von einem eigenen Haus beerdigt. Vorläufig zumindest.

Ein dicker Mann stupste ihn in die Seite und wollte «geschäftlich» mit ihm reden. Aber Bruno Semmeling wusste, was sich gehörte.

Wenige Tage später kam die Rechnung der Erben. Fast zwei Monate verstrichen ungenutzt, ehe sich ein Nachfolger für Lerge gefunden hatte, der Bruno zu sich in das renovierte und modernisierte Büro bat.	2370,– DM

Volker Michels war jung, strotzte vor Gesundheit und Tatendrang und wirkte ebenso sympathisch wie kompetent. Trotzdem hätte Bruno, als er ihn zum ersten Mal aufsuchte, am liebsten ein ärztliches Attest von ihm verlangt.

Michels wies ihn darauf hin, dass mit der Ausschreibung nun keine Zeit mehr verloren werden durfte, wenn sie – wie geplant – im Frühjahr mit dem Bau beginnen wollten. Bruno stimmte zu. Ihm entging nicht, dass das einst schäbige Büro des alten Lerge von Grund auf renoviert worden war. Erst jetzt, im Rückblick, fiel ihm auf, wie deprimierend und kraftlos die Räume vorher gewirkt hatten. Jetzt strahlten sie dasselbe aus wie ihr neuer Besitzer: Jugend, Frische und Dynamik.

Brunos Skepsis war verständlicherweise groß gewesen, aber bei Michels hatte er dann doch ein gutes Gefühl.

Der Baubeginn

Gemeinsam mit seinem neuen Architekten fuhr Bruno Semmeling zwei Tage darauf zum Bauunternehmer Wumme, den Michels gut kannte und auf den er große Stücke hielt. Als sie frühmorgens auf dem Hof des Baugeschäftes anlangten, herrschte dort schon reges Treiben. Bauarbeiter beluden einen LKW, kommandiert von einem Polier in weißer Kluft, mit zünftigem Filzhut und dicker Zigarre, der genauso aussah, wie Bruno sich einen richtigen Handwerker immer vorgestellt hatte. Schmutzig, knurrig und vor allem: direkt.

Als sie aus dem Wagen stiegen, blies ein eisiger Wind Bruno fast aus dem Mantel, aber er wertete das nicht als Omen.

Der Polier lachte einen Stift aus, der eine Leiter nicht auf den Laster kriegte. «Wieder an Kaltstart erwischt heut Morgen, gell?» Mit einem Ruck schmiss er die Leiter selbst auf den Wagen. Bruno war beeindruckt.

«Knauster!», brüllte ihm jemand direkt ins Ohr, und als Bruno sich erschrocken umwandte, sah er sich dem Mann gegenüber, der sein Haus bauen sollte. Und es war eine Menge Mann, die da vor Bruno stand. Wumme war ein Mann, dessen Name Programm war.

«Knauster!», brüllte er noch einmal.

Der Polier drehte sich um. «Joh?»

«Wenn ihr in der Hartungstraße fertig seid, seht man zu, ob ihr noch beim Gregori vorbeischauen könnt.»

Der Polier sah hoch in den Himmel, kaute an seiner Zigarre und sagte skeptisch: «Das sieht net so aus, als ob wir heut viel schaffen.»

«Wenn ihr hinkommt halt», setzte Wumme nach und wandte

sich Bruno zu. Er hielt ihm eine riesige Hand hin. «Wumme. Tach, Herr Simmering.»

«Semmeling», sagte Bruno. Ihm war kalt.

«Sie haben ja so weit schon alles besprochen», sagte Wumme und nickte Michels zu. «Unterlagen hab ich, Angebot mach ich Ihnen gern. Den Stein würd ich Ihnen gern mal zeigen.»

Michels nickte. Bruno nickte ebenfalls. Sie folgten Wumme über den Hof zu einem Steinhaufen. Der Bauunternehmer griff nach einem und reichte ihn Bruno.

«Den hab ich gedacht.»

Bruno stand mit dem Stein in der Hand da und wusste nicht recht, was er sagen sollte. War das ein guter Stein? «Aha», sagte er vage. «Ja.»

«Wird ja alles teurer», sagte Wumme. «Aber im Vergleich geht's bei dem. Die Materialkosten explodieren, das wissen Sie ja. Löhne genauso. Aber der geht.»

«So», sagte Bruno und nickte.

Wumme wandte sich an Michels. «Erinnern Sie sich noch, was wir Mitte neunundsechzig für die Tonne Stahl gezahlt haben? Fünfhundert Mark. Und Ende neunundsechzig? Eins-drei. Was soll man da machen? Die Stahlkontore diktieren die Preise.» Wumme fasste sich kurz, was das betraf. Und verschwieg, dass er jede zehnprozentige Preiserhöhung nutzte, um seinen eigenen Gewinn um zwanzig Prozent zu steigern.

«Monopole …», fuhr er düster fort. «Früher ging das ja noch aus Holland oder Dänemark, aber die operieren ja inzwischen europaweit.» Er bemerkte Bruno, der noch immer mit dem Stein in der Hand dastand. «Sechstausend sparen Sie bei dem», sagte er. «Überschlagsmäßig.»

Bruno musterte den Stein skeptisch.

«Das müssen Sie entscheiden», mischte Michels sich ein. «Dem Herrn Wumme ist das ja egal.»

«Eben», sagte Wumme und zwinkerte Bruno kumpelhaft zu. «Ich verkaufe Ihnen auch gern den teuren Stein.»

Bruno sah ihn unsicher an. Glücklicherweise bemerkte Michels seine Verlegenheit und sagte zu Wumme: «Wir wollen uns noch ein paar Angebote von der Konkurrenz einholen. Das verstehen Sie sicherlich. Zum Vergleich.»

«Klar doch!», sagte Wumme fröhlich. «Das ist doch der Sinn einer Ausschreibung!»

Das Telefon im Kontor klingelte. Wumme entschuldigte sich und eilte davon.

Bruno war erleichtert. «Herr Michels», flüsterte er. «Wollten wir nicht eigentlich den Entha-Stein …?»

«Viel zu empfindlich!» Michels winkte ab. «Der reißt Ihnen nachher den ganzen Verputz auf. Und dann ist der auch noch teurer.»

Aber Bruno war nicht unvorbereitet. Trudchen hatte sich ja lange genug mit Steinen beschäftigt. Lässig zog er den Prospekt eines Steineherstellers aus der Manteltasche. «Ja, aber die schreiben hier …»

«Ja, nun», unterbrach ihn Michels gleich wieder, ohne auch nur einen Blick auf den Prospekt geworfen zu haben. «Papier ist geduldig.» Er wirkte ziemlich ungeduldig. «Und die Prospekte sind ja für die Bauherren gemacht, weil die von dem Kram nichts verstehen.»

«Aber …», sagte Bruno und wurde diesmal von Wumme unterbrochen, der sich massig aus der Tür seines Kontors lehnte und sie zu sich rief.

«Aber», wiederholte Bruno störrisch, «ein guter Bekannter von mir hat auch gesagt …»

«Ah, die guten Bekannten», sagte Michels, nickte etwas zu aufmunternd und klopfte Bruno etwas kräftiger als nötig auf die Schulter. «Die wissen's natürlich immer alle besser. Sowieso.» Er ließ die Hand auf der Schulter seines neuen Kunden liegen und schob ihn vorwärts, Richtung Kontor.

In den nächsten Tagen führten alle Wege zu Handwerkern. Sie griffen auf die zurück, die Michels persönlich kannte und schätzte, oder auf Handwerker, von denen er gehört hatte und die Kollegen von ihm schätzten. Bruno fasste Zutrauen zu dem jungen Mann, der alles zu wissen schien, immer höflich – aber doch bestimmt – auftrat und mit «seinen» Leuten umzugehen wusste.

Obwohl das nicht immer einfach war.

Henke, der Zimmermann, hatte keine Zeit. Er musste ein Schulhaus in Kappeln bauen, was er eigentlich gar nicht gewollt hatte. Sagte er. Als alteingesessener Handwerker jedoch hatte er ein Angebot machen müssen, und dummerweise hatte man sich für ihn entschieden. Da «man» in diesem Fall der Staat war, konnte er ja nun schlecht nein sagen. Klare Sache. Deshalb hatte er eigentlich gar keine Zeit für Bruno. Dank Michels' beharrlichem Insistieren erklärte er sich dann aber schließlich doch bereit, sich mit dem Bauvorhaben zu befassen. Aber nur unter der Bedingung, «den ganzen Ausschreibungskram» nicht mitmachen zu müssen. Bei dem kleinen Auftrag, so Henke, lohne die Rechnerei überhaupt nicht, aber er wolle das Ganze gern «so ungefähr» überschlagen, unverbindlich, aber das gehe schon in Ordnung, der Herr Michels kenne ihn schließlich, und dann solle Bruno sich entscheiden. Michels riet seinem Bauherrn zu. Bruno sagte ja.

5. Dezember 1970

Ich glaube, der Herr Michels ist ein sehr guter Architekt. Er kennt die besten Leute, und alles läuft wie am Schnürchen.

Gestern waren Bruno und ich bei dem Klempner, den Herr Michels uns empfohlen hat, um das Badezimmer auszusuchen. Ich hab danach geguckt, was schön ist, aber Bruno hat mehr auf die Preisschilder geachtet. Der Klempner machte einen sehr netten Eindruck. Er hat gesagt, über die Badezimmereinrichtung entscheidet die Bauherrin. Mehr im Spaß. Aber er hat ja Recht. Schließlich muss ich später alles sauber halten und mich wohl fühlen, Bruno ist ja gar nicht so oft im Haus. Bruno wollte lieber etwas Billiges, aber ich fand das Modell «Donau» am schönsten. Sehr feine Kacheln, blau, aber sehr gediegen. Bruno wollte erst nicht, aber schließlich konnte ich ihn doch noch überzeugen. Er hat sich dann auch sehr gefreut, und auf dem Nachhauseweg hat er gesagt, ich hätte die richtige Entscheidung getroffen und es hätte auch gar keinen Sinn, am falschen Ort zu sparen.

Auch beim Heizungsinstallateur entschied Bruno sich für die kostspieligere Variante, wiederum mit der Begründung, man solle nicht am falschen Ort sparen. Diesmal war Michels dabei, und Bruno erzählte ihm von der hübschen, aber ebenfalls nicht ganz billigen «Donau»-Serie fürs Bad, die seine Frau ausgesucht hatte. Michels sah ihn besorgt an und sagte: «Wissen Sie, was wir gerade machen?»

«Was denn?», fragte Bruno erschrocken.

«Wir überschreiten unsere finanziellen Grenzen.»

«Ja, ja», wiegelte Bruno ab, «ich weiß. Aber ich hab mir gedacht, in diesem einen Fall ...»

«Es ist nicht *dieser eine Fall*, wenn Sie das in *jedem* Fall denken. Und das tun Sie.»

«Ach, nun übertreiben Sie aber.» Bruno hielt dem Blick seines Architekten stand. Aber nicht lange.

«Wissen Sie», sagte Michels, «ich mache das schon länger. Und was Sie gerade tun, ist nicht ungewöhnlich. Aber trotzdem gefährlich. Wenn bei der Ausschreibung schon alles durcheinander gerät – *das* noch und *das* noch und *das* auch noch, und alles immer ein bisschen teurer, alles immer vom Feinsten ...»

«Aber das stimmt doch so nicht.» Brunos Protest fehlte die rechte Überzeugung – und auch jede Grundlage.

«Ich meine es doch nur gut», sagte Michels ernst. «Wenn Sie wüssten, wie viele Leute sich verkalkulieren, wenn sie bauen! Anfangs stimmt noch alles, aber dann geht's los mit den teuren Extras. Die Bauherrin möchte es dann doch in diesem *einen* Fall ein bisschen schöner, vor allem bei den Kacheln und Fliesen und nachher bei der Einrichtung, und der Bauherr möchte es in diesem *einen* Fall ein bisschen schöner, meist bei den praktischen Sachen wie Heizung, Dachziegel und so fort. Das läppert sich zusammen, und nachher muss an allen Ecken und Enden gespart werden.»

Bruno wurde bleich, aber Michels war noch nicht fertig.

«Gut, ja, ich weiß schon», sagte er. «Das Schaffen von Sachwerten. Alles richtig. Sie bauen sich einen Wert, und der Wert wächst auch noch, aber ...»

Er setzte ein aufmunterndes Lächeln auf: «Sie wollen doch später nicht in Ihrem schönen neuen Haus sitzen und dafür ihren ganzen bisherigen Lebensstandard aufgeben müssen!»

«Nein», sagte Bruno leise.

«Na, eben», sagte Michels.

«Ich weiß, was Sie meinen.»

«Ich meine es nur gut mit Ihnen.»

«Ja.» Bruno nickte schwer. «Ich weiß.»

«Beim Tischler lassen Sie mich verhandeln, ja?», bot Michels an.

«Danke.»

«Ich finde das makaber», sagte Trudchen, als sie sich in der Tischlerwerkstatt umsah.

Bruno betrachtete die Särge. Vier Särge, etwa gleich groß und mannshoch. Bruno sagte sich, dass der Tischler ein enorm cleverer Bursche sein musste. Der sicherte sich eben ab. Falls einem Bauherrn das Geld ausging, der Bau gestoppt werden musste und der Bauherr sich anschließend vor Gram und wegen all der unbezahlten Rechnungen das Leben nahm, konnte wenigstens der Tischler einen Teil seines Verdienstausfalls wettmachen. Bruno versuchte die Särge zu ignorieren.

«Müssen wir denn unbedingt bei diesem …?», fragte Trudchen.

«Warum nicht», sagte Bruno forsch.

«Also, ich find's hier ein bisschen unheimlich.»

«Unsinn.»

«Gibt es denn keinen anderen Tischler?»

«Nicht hier in Hansdorf.»

«Ach, Bruno, ich weiß nicht. Da denken wir nachher jedes Mal, wenn wir die Türen angucken: Irgendwann wirst du da mit den Füßen zuerst rausgetragen.»

«Jetzt hör aber auf!»

Aus der Tiefe der mit halb fertigen Möbeln voll gestopften Halle tauchte ein kleiner Mann auf und stellte einen Fensterrahmen direkt zwischen den Semmelings und den Särgen ab.

«De kost mehr, aver dat Holt stött doför dat Water af.»

«M-mh», machte Bruno und nickte freundlich. *Was?* Was hatte der Mann gesagt?

«In'n Ogenblick is de 'n beten dürer, aver naher makt sich dat betahlt.»

Das Männlein lächelte Bruno aufmunternd an. Offenbar erwartete es eine Antwort. Aber worauf?

«So», sagte Bruno. «Aha!»

Das Männlein runzelte die Stirn. Dann ging es weg. Bruno atmete tief durch, sagte grundlos «Siehste!» zu seiner Frau und ging weiter durch die Halle. Er sah sich um. Es roch nach Harz und Leim, und er spürte den feinen Sägestaub in der Nase. Wo war eigentlich Michels? Und wo war der Tischler?

Er entdeckte die beiden hinter einem halb fertigen Schlafzimmerschrank und steuerte auf sie zu. Michels deutete auf eine Regalwand, und Bruno fragte sich, weshalb sein Architekt darüber verhandelte. Ein Regal war doch überhaupt nicht eingeplant.

Als Michels auf das Regal klopfte, war Bruno schon in Hörweite. «… Regal könnt ich auch mal brauchen», schnappte er auf. Die gemurmelte Antwort des Tischlers entging Bruno jedoch leider. Er blieb hinter dem Schlafzimmerschrank stehen. Er konnte die beiden Männer sehen, aber sie ihn nicht. Michels klopfte dem Tischler auf die Schulter, worauf der mürrisch knurrte und einen Gehilfen heranwinkte, der das Regal wegtrug.

Bruno stand da wie versteinert. Er konnte es nicht glauben. Sein Architekt! Das war doch Bestechung! Korruption!

Unbemerkt näherte sich dem lauschenden Bruno von hinten der kleine Mann und setzte einen weiteren Fensterrahmen ab, direkt neben Bruno.

«Un wat holt Se von dat hier?», fragte der Mann.

Semmeling sah ihn fragend an.

Michels und der Tischler schauten zu ihm herüber. Bruno fühlte sich ertappt. Schuldbewusst sah er zu Boden.

Weihnachten. Silvester. Januar. 160 Mark Mieterhöhung.

Bruno saß wieder einmal beim Bausparkassen-Berater Wenzel.

«Für den zweiten Bausparvertrag leihen Sie sich also, wie besprochen, die zwanzigtausend von Ihrer Bank, also von der Sparkasse, und die zahlen Sie bei uns ein. Wir schicken der Bank vierzigtausend, die nimmt sich ihre zwanzigtausend zurück, und Sie verfügen über die restlichen zwanzigtausend. Dann Hypothek zu sechseinhalb Prozent Zinsen und einem Damnum von acht Prozent …» Wenzel kritzelte ein paar Zahlen auf einen Zettel.

Bruno schaute ihm verwirrt zu. Schließlich fragte er leise: «*Was?*» Er verstand nichts.

Wenzel schien sich seiner Sache jedoch sehr sicher zu sein. Er machte das schließlich nicht zum ersten Mal. Semmeling wusste, dass er ihm vertrauen konnte. Er sagte sich, dass er das alles selbst gar nicht verstehen konnte, nicht verstehen musste. Und doch …

«Bei fünfzigtausend werden ausbezahlt … Moment … sechsundvierzigtausend», murmelte Wenzel. Sein Telefon klingelte. Schnell schob er Bruno noch eine Tabelle über den Tisch. «Wenn Sie inzwischen mal selbst in der Tabelle hier …», bat er. Dann widmete er sich seinem Telefonat.

Bruno schaute auf die Tabelle, auf diese unbegreiflichen Zahlenkolonnen. Er dachte an die vorletzte Woche. Mit dem Architekten Michels und mit Trudchen hatte er auf dem Rückweg vom Tischler den Bauplatz besichtigt. Der Boden war gefroren gewesen und ein wenig matschig von der Mittagssonne.

«So ist das nichts», hatte Michels gesagt, «das hab ich Ihnen gleich gesagt. Der Frost muss erst aus dem Boden raus, vorher können wir nicht anfangen.» Ihn schien das nicht weiter zu beunruhigen, schließlich hatte er ja auch von vornherein gesagt, sie würden wahrscheinlich erst im Frühjahr anfangen können zu bauen. Er wusste Bescheid. Er machte das schließlich nicht zum ersten Mal. Aber *er* musste ja auch nicht 160 Mark mehr Miete pro Monat zahlen.

Bruno war etwas mulmig zumute gewesen, und er hatte sich gefragt, ob wohl auch wirklich alles klappen würde. Immerhin: Die Ruhe dort draußen war wirklich wunderbar. Die hatte er genossen. Er freute sich doch sehr auf das eigene Haus.

Komisch war ihm nur das Paar auf dem Nachbargrundstück vorgekommen. Waren das bloß Spaziergänger – oder wollten die dort etwa auch bauen? *Sie* waren doch die Ersten gewesen hier draußen!

Michels hatte ihm noch einen kleinen Zettel zugesteckt, ganz nebenbei, damit Trudchen sich keine unnötigen Sorgen machte. Die neue Kalkulation. «Der Wumme hat noch nicht abgegeben», hatte Michels gemurmelt, «vielleicht ist der günstiger ...» Aber auf jeden Fall würde es teurer werden als geplant. So oder so.

Deshalb saß er jetzt ja hier bei Herrn Wenzel und betrachtete die für ihn völlig unverständliche Zahlentabelle.

«Zwischenkredit für den zweiten Bausparvertrag sechseinhalb Prozent Zinsen», rechnete Wenzel ihm weiter vor, als er mit Telefonieren fertig war. «Dreihundertachtzig Mark Bearbeitungsgebühr für die erste Hypothek. Und bei der Einreichung des Arbeitgeberdarlehens nicht vergessen: die Eigenleistung unbedingt höher angeben, auch wenn Sie nachher gar nicht ...»

Bruno konnte kaum noch folgen.

Wenzel rechnete weiter. Er war den erstaunten Blick dankbarer Kreditnehmer gewöhnt.

«... ergeben sich an monatlichen Belastungen erstens Zinsen und Tilgung für beide Bausparverträge dreihundertneunzig und hundertzweiundsechzig-fünfzig, zweitens die Risikolebensversicherung mit jährlich sechshundertneunzig, monatlich also vierundfünfzig-zwölf. Drittens die Hypothek, vierteljährlich sechshundertzweiundvierzig-sechzig, monatlich also zweihundertvierzehn-zwanzig.»

Wenzel wusste sicher, was er tat, dachte Bruno. Der Bausparkassen-Berater finanzierte schließlich nicht zum ersten Mal ein Haus.

«Zehn Prozent können wir gleich abziehen», behauptete Michels, als er Bruno die Angebote der Handwerker zeigte.

«Wieso?»

«Na ja, fünf Prozent bleiben sowieso als Garantiesumme stehen, die müssen wir also jedenfalls nicht *gleich* bezahlen, und fünf Prozent ziehen wir wegen mangelhafter Ausführung ab. Keine Sorge, da passiert immer was: Wand schief, Verputz ungleich – da können wir uns drauf verlassen. Und wenn wir das reklamieren, sagen wir gleich, wir ziehen das ab.»

Bruno hörte staunend zu. Michels verstand offensichtlich wirklich etwas vom Geschäft.

«Gut, zehn Prozent weniger», vermerkte der Architekt.

Er versuchte immer *seine* Handwerker durchzubekommen. Das sparte nachher am Bau Arbeit und Missverständnisse, fand Michels. Der Bauherr sagte natürlich immer: Wer am billigsten ist, kriegt den Auftrag. Der Bauherr baute ja auch zum ersten Mal, der wusste gar nicht, was alles passieren konnte.

Wenn der Bauherr unbedingt Gegenangebote sehen musste, verschickte Michels die Ausschreibung mit den einzelnen Positionen an verschiedene Handwerker. Die nannten dann ihre

Preise. Eine Firma setzte zum Beispiel für einen Posten 25 Mark an und für den zweiten Posten 70 Mark. Machte 95 Mark.

Dann rief er den an, mit dem er arbeiten wollte, und sagte: Okay, pass auf, den ersten Posten brauchen wir sowieso nicht am Bau, setz da mal was Billiges ein. Der schrieb dann 10 Mark beim ersten Posten und 75 Mark beim zweiten. Machte 85 Mark.

Dem Bauherrn fiel es dann ganz leicht, sich zu entscheiden.

Auch Wumme habe inzwischen seinen Kostenvoranschlag abgegeben, verkündete Michels zufrieden. 48 500 Mark.

«Wie ich's Ihnen gesagt habe, Herr Semmeling, der Wumme ist der Günstigste.» Damit stand die Finanzierung.

«Und was wollte Ihre Frau nochmal geändert haben?», war Michels nächste Frage, als er die Baupläne hervorholte. Dabei zwinkerte er mit den Augen, von Mann zu Mann. Das gefiel Bruno. Obwohl er Trudchens Änderungswünsche selbstverständlich alle berücksichtigt wissen wollte.

Aber jetzt, am Tag darauf, saß er wieder da und rechnete und rechnete, während Schweizer, sein Chef, auf die Zeichnungen wartete, an denen noch einige Details zu verbessern waren.

Am Abend fragte ihn Rasche, wie es denn so laufe mit dem Hausbau. Er sei ja immer nur am Rechnen. Rasche schien das lustig zu finden. Dabei baute er doch selbst.

«Wenn ich so nachrechne, wie viel Bargeld …»

«Ach, komm, Bruno!», unterbrach Rasche ihn fröhlich. Er schien nur auf eine Gelegenheit gewartet zu haben, seine Geschichte zu erzählen. «Auf einem Haufen haben nun wirklich die wenigsten das Geld für ihr Haus beisammen gehabt. Eine Gratwanderung ist das immer.»

Bruno fand das nicht gerade beruhigend. «Ich fürchte bloß, dass der Kostenvoranschlag nachher doch noch überschritten wird, und dann …»

Rasche winkte lässig ab. «Das wird er sowieso immer. Man will hier was geändert haben und da – und bums! Bei mir sitzt das Hemd auch stramm, aber das pendelt sich schon hin.»

«Weißt du denn, wie viel mehr du ...», setzte Bruno an.

«Nö», sagte Rasche und schien das auch ganz gut so zu finden. «Wenn ich's wüsste, würde mir wahrscheinlich das große Zittern kommen.»

«Aber ... aber du musst es doch bezahlen», hakte Bruno erstaunt nach.

«Wird eben abgeknappt, so nebenbei», meinte Rasche. «Das geht schon. Sicher, ein paar Opfer, die muss man bringen.»

«Vielleicht warte ich doch noch ein bisschen», murmelte Bruno.

Aber Rasche schüttelte den Kopf. «Nee, wenn du schon so anfängst, baust du nie. Und so 'nen leisen Unsicherheitsfaktor, den hat doch jeder in seiner Kalkulation. Aber am Ende kommt das schon irgendwie hin.»

Na hoffentlich, dachte Bruno.

«Was wir im Augenblick nicht finanzieren können, habe ich als Eigenleistung angesetzt», sagte Michels.

Bruno schaute ihn erstaunt an. Aber er war viel zu müde und erschöpft, um Widerspruch zu wagen. Warum auch? Michels machte das schließlich nicht zum ersten Mal.

«Malerarbeiten, Hinterfüllung, Außenanlagen – das können Sie doch alles selbst machen», fuhr Michels fort.

Bruno nickte. «Ja, das hab ich mir auch fest vorgenommen.»

«Trotzdem.» Michels warf ihm einen warnenden Blick zu. «Die Kalkulation ist randnah, Herr Semmeling!» Er reichte Bruno die neueste Kostenaufstellung.

Daraus ergab sich eine monatliche Belastung von 750 Mark und 22 Pfennigen. Ohne Heizung und Nebenkosten.

750,22 Mark! Diese Zahl machte Bruno Angst. Er bedankte sich matt bei Michels und ging mit gesenktem Kopf auf direktem Wege und unangemeldet zu Herrn Wenzel in die Bausparkasse, um «irgendwie alles zu stornieren», wie er undeutlich vor sich hin murmelte.

750,22 Mark. Monat für Monat für Monat.

«Das ist doch nicht Ihr Ernst, Herr Semmeling!» Wenzel schien aus allen Wolken zu fallen. «Wie stellen Sie sich das denn vor? Sie würden ja prämienschädlich! Wir haben das Projekt angekurbelt, es sind Kosten entstanden, und zwar nicht unerhebliche!»

Aber Bruno ließ sich nicht beirren. «Ich will ja keinen Rückzieher machen. Ich dachte bloß an einen Aufschub. Verstehen Sie?»

Wenzel verstand nicht. Oder wollte nicht verstehen. «Wieso? Die Kosten steigen doch laufend. Gut, Ihre monatliche Belastung ist jetzt etwas höher als ursprünglich angenommen. Aber Sie vergessen, dass bei der gegenwärtigen inflationären Tendenz – und die ist ja nun wirklich nicht zu leugnen – Ihre Schulden ständig schrumpfen. Ihre Einkünfte, Ihre Lebenshaltungskosten – alles steigt. Die Verpflichtungen für das Haus nicht.»

Bruno schwirrte der Kopf. Da war etwas dran. Wenzel hatte durchaus Recht. Und doch ...

«Erwarten Sie in den nächsten Jahren eine Gehaltserhöhung?», fragte Wenzel plötzlich.

Bruno zuckte zusammen. «Doch, ja ...», murmelte er.

«Sehen Sie. Entsprechend würde auch Ihre Miete steigen – wenn Sie wollen, kann ich Ihnen das statistisch belegen –, die Kosten für das Haus aber steigen nicht. Im Gegenteil, es wird immer erträglicher, was da monatlich auf Sie zurollt, denn das Geld, das Sie zur Tilgung bezahlen, ist immer weniger wert. Bei einer Geldentwertung von nur fünf Prozent sparen Sie in zehn Jahren bereits die Hälfte. *Und*, Herr Semmeling, Sie erfüllen sich einen Wunschtraum mit einem Minimum an Eigenkapital!»

Bruno war vollkommen durcheinander. So wie Wenzel es formulierte, schien es auf einmal von Vorteil zu sein, wenig Eigenkapital zu haben. Bruno verstand die Welt nicht mehr. «Aber das ist es ja gerade», sagte er, «dass ich so wenig Bargeld ... deswegen dachte ich ja ...»

Aber Wenzel konnte ihn beruhigen. «Ach, Herr Semmeling, Ihnen schwirrt der Kopf von den vielen Zahlen. Das kann ich gut verstehen, aber deswegen werden Sie doch nicht von dem fahrenden Zug abspringen! Sie haben ja keine Schulden in *dem* Sinne, sondern einen echten Sachwert dagegenzustellen. Und einmal müssen Sie den Sprung ins kalte Wasser wagen!» Bruno nickte nachdenklich, und Wenzel fuhr fort: «Siebenhundertfünfzig Mark monatlich – nun gut. Aber Sie wissen doch, wofür!»

Da hatte Wenzel auch wieder Recht.

25. Februar 1971

Wir wüssten doch wenigstens, wofür wir das Geld ausgeben, hat Bruno immer wieder gesagt. Siebenhundertfünfzig Mark! Im Monat! Dafür hätten wir uns die schönste Wohnung leisten können. Ob wir das wirklich schaffen? Ein Monat ist doch so schnell rum, und wenn uns das dann jedes Mal fehlt, zwanzig Jahre lang! Ich bin ja 54, wenn uns das Haus endlich gehört! Aber Bruno freut sich so. Und er hat ja auch Recht. Miete ist für immer verloren. Wer immer Miete zahlt, hat nie was Eigenes.

Nun konnte es mit dem Bauen also losgehen. Bruno freute sich wie ein kleiner Junge. Trudchen und er fuhren schon frühmorgens raus nach Hansdorf. Sie wollten den Baubeginn auf keinen Fall verpassen. Es war noch schneidend kalt, aber der Himmel war blau und der Boden nicht mehr gefroren.

Michels hatte letzte Woche noch einmal mit Bruno gesprochen. «Der Wumme kann seinen Kostenvoranschlag nicht halten», hatte er gesagt. «Ziegel sind teurer geworden, alles wird teurer. Wenn wir die Finanzierung halten wollen, müssen wir 'n bisschen was weglassen, die Nischen und so. Merken Sie kaum, wenn wir alles gerade mauern, wird aber deutlich billiger.»

Außerdem, aber das sagte Michels seinem Bauherrn nicht, zog

Wumme nebenbei eine ganze Neubausiedlung hoch. Das würde noch Probleme geben, wenn Wummes Leute so viel zu tun hatten. Aber darum konnte man sich später kümmern …

Bruno war wie vor den Kopf gestoßen. Aber was hätte er machen sollen? Aufgeben? Sich einen neuen Architekten suchen? Neue Ausschreibungen verschicken, aktuelle Angebote einholen?

Er hatte darüber nachgedacht. Nicht lange, dazu war keine Zeit gewesen.

Wenzel war stets gelassen, und auch Michels schien die plötzliche Erhöhung der Baukosten nicht sonderlich zu beunruhigen. Und wem sollte er sonst vertrauen, wenn nicht diesen beiden Profis?

«Na gut», hatte er bloß geseufzt. Dann musste es eben so gehen. Hauptsache, es ging endlich los!

Bei einer passenden Gelegenheit würde er es Trudchen sagen.

Der Tag des Baubeginns war allerdings keine passende Gelegenheit. Bruno und Trudchen standen auf ihrem Grundstück, froren und warteten auf den Bagger.

«Schön ist es hier», sagte Bruno. «Schön und ruhig.»

Schließlich wurde die Ruhe gebrochen vom tiefen Dröhnen eines Baggers, der über den kleinen, matschigen Feldweg gerumpelt kam. Als er die Grundstücksgrenze erreicht hatte, brachte Bruno den Baggerführer durch energisches Winken zum Halten. Er wollte Trudchen vor dem Bagger fotografieren.

Danach fuhr der Bagger weiter. Bis aufs Nachbargrundstück.

Bruno lief hinterher. Aufgeregt stellte er den Baggerführer zur Rede und kehrte dann geknickt zu seiner Frau zurück. «Ist nicht unserer», sagte er enttäuscht. «Der ist für nebenan. Die bauen auch.»

«Und wo bleibt unserer?», fragte Trudchen.

Das fragte Bruno sich auch.

16. März 1971

Beinahe hätte ich geweint. Auch Bruno war ganz schön fertig. Der Bagger fuhr zum Grundstück unserer zukünftigen Nachbarn – dabei hatten wir doch als Erste dort draußen gekauft.

Und unser eigener Bagger kam nicht. Bruno hat den ganzen Tag versucht, den Herrn Wumme zu erreichen. Aber seine Tochter sagte immer, er sei nicht da. Und unser Bagger, der habe sich wohl verfahren, hat sie gesagt. Am Abend hat Herr Wumme Bruno dann gesagt, der Bagger hätte einen Motorschaden gehabt.

Am nächsten Tag bin ich mit dem Fahrrad zu unserem Baugrundstück rausgefahren. Aber der Bagger ist wieder nicht gekommen. Da bin ich zu Herrn Wumme geradelt. Der hat gesagt, der Bagger sei unter einer Brücke stecken geblieben, aber das kann ich mir gar nicht vorstellen. Jedenfalls meinte er, den Termin würden wir trotzdem halten, er sieht da kein Problem.

Gestern ging es dann doch endlich los. Unsere Nachbarn sind schon viel weiter, ihre Sohle ist schon geschüttet. Ich finde das ungerecht.

Die Frau Hagen von unten hat schon wieder gefragt, ob es auch wirklich bei August bleibt mit unserem Umzug. Weil doch ihre Schwester bei uns einziehen will. Bruno sagt, das klappt schon. Wir können uns auch gar keinen Zeitverlust leisten, wegen der Zinsen.

TEIL II

Die Grundsteinlegung

Trotz strömenden Regens fuhren Bruno Semmeling und seine Frau jeden Tag hinaus zum Baugrundstück. Jeden Tag wurde das Loch größer. Am 31. März war die Baugrube fertig ausgebaggert.

Bruno konnte es kaum glauben. Andächtig stand er mit Trudchen und Kay vor dem riesigen Loch. *Hier leben wir von nun an,* dachte er, *hier sterben wir vielleicht.*

Als es einige Tage später aufklarte, ging es weiter. Zuerst ließ Bauleiter Knauster seinen Stift Ali ein tiefes Loch graben, über dem schließlich das wettergegerbte Klohäuschen abgesenkt wurde.

Die Ziegelei lieferte einen Haufen Ziegel. Die Bauarbeiter stapelten säckeweise Kalk und Zement und schaufelten bergeweise Kies.

Drei Maurer, der Klempner und der Elektriker arbeiteten gleichzeitig in der Baugrube.

Trudchen hatte die Baupläne dabei und überwachte den Fortschritt der Arbeiten. Alles lief nach Plan. Doch plötzlich fiel ihr etwas auf.

«Herr Knauster!», rief sie dem stets Zigarre kauenden Bauleiter zu. «Kommen Sie bitte mal her!»

Knauster bewegte sich in seiner bedächtigen Art langsam auf sie zu und schob sich den dreckstarrenden Filzhut in den Nacken. Kein Wunder, dachte er, dass man mit der Arbeit net vorankommt, wenn die Bauherrin die ganze Zeit dabeisteht und ständig Fragen hat.

«Herr Knauster», sagte Trudchen empört, «da vorne ist der ganze Einknick, wo die Terrasse hin soll, mit ausgebaggert worden!»

Knauster schaute in die Baugrube. Er kratzte sich im Nacken und kaute ein wenig auf seinem kalten Zigarrenstummel herum. Dann grummelte er gleichmütig: «Na und? Schütten mer's halt wieder zu, gell?» Achselzuckend warf er der Bauherrin einen abschätzigen Blick zu. Mein Gott, wenn die jetzt schon mit *solchen* Sachen kam! Da hatte er schon ganz andere Fehler gesehen. Das war doch nun wirklich nichts, worüber man so ein Geschrei machen musste!

Viel störender fand Knauster, dass Rodewalk, der Elektriker, nicht vorankam. «He!», rief er deshalb, als Rodewalk an ihnen vorbeimarschierte. «Hängt der E-Kasten schon?»

«Bring ich nachher in die Baubude.»

«Da liegt er gut!», beschwerte sich Knauster. «Und vergesst net des Kabel zum Bau!»

Aber Rodewalk wehrte ab. «Das ist doch euer Bier!»

«Seit wann denn des?», fragte Knauster belustigt.

«Ich bin doch nicht dazu da, mein Gummikabel umsonst zu verleihen!», empörte sich Rodewalk.

«Dann stell's halt in Rechnung!» Knauster verdrehte die Augen. Wie das schon wieder losging!

«Nee, nee! So nich! Was nich in der Ausschreibung steht, mach ich nur schriftlich, und zwar mit'm Architekten.» Rodewalk hatte offenbar schon jede Menge schlechter Erfahrungen machen müssen.

«Aber der is doch net da!» Knauster wurde ungeduldig. «Un mir müsse doch pumpe, bei dem Morast hier …!»

Rodewalk zuckte mit den Achseln und ging.

«Arschloch», murmelte Knauster. Und zu der verdatterten Bauherrin sagte er: «Is doch wahr! Des is kei Bauplatz hier, des is a Sumpf. Versaut man sich doch die ganzen Sachen.»

«Der Weg wird in allernächster Zeit asphaltiert», versuchte Trudchen den ungehaltenen Knauster zu beruhigen.

«So. Ham Se des schriftlich?», höhnte Knauster und stapfte nun ebenfalls davon.

Trudchen stand da, die Baupläne in der Hand, und wusste nicht, was sie machen sollte. Wenn doch bloß Bruno hier wäre, der wüsste es bestimmt, aber *der* saß ja immer im Büro!

Dunkle Wolken zogen auf. Bald würde es regnen. Und das Wochenende stand bevor.

Bruno stand neben der Baugrube und pumpte. Kay turnte am Rand der Grube herum und fragte alle paar Minuten: «Papa, darf ich jetzt auch mal?»

«Nachher», sagte Bruno. Nicht, weil er seinem Sohn nicht traute. Nicht, weil er ihn schonen wollte. Sondern weil ihm das Pumpen Spaß machte. Er pumpte und pumpte. Endlich konnte er etwas *tun*! Musste nicht mehr bloß dastehen und hoffen, dass alles gut ging. Zusehen, wie alles schief ging. Hoffen, dass das Geld reichte. Dass Wumme und seine Handwerker die Termine einhielten. Dass das Wetter mitspielte, dass die neuen Nachbarn nett waren. Hoffen, hoffen, hoffen ... Selbst zupacken zu können tat ihm gut.

Mit aller Kraft drückte Bruno den langen Hebel der Handpumpe herunter. Ein Schwall Wasser ergoss sich vor seine Füße und versickerte im lehmigen Boden. Pumpen, pumpen, pumpen. Bruno hatte das Gefühl, direkt sehen zu können, wie der Wasserspiegel in der Baugrube sank. Als Trudchen, Kay und er an diesem Samstagvormittag hier angekommen waren, hatte das Wasser bis auf halbe Höhe in der Baugrube gestanden. Wieder und wieder drückte er den Pumpenhebel herunter, mit aller Kraft. Immer mehr Wasser schwappte ihm vor die Füße.

«Ja, ja, wenn kein richtig gewachsener Boden da ist», sagte Herr Bertold, ein zukünftiger Fast-Nachbar, «dann kann das schon sein, dass auch Treibsand auftritt. Kann alles sein. Aber das wird ja vorher nie mit einkalkuliert.» Bertold saß auf einem Stein hinter Bruno, rauchte genüsslich seine Pfeife und schaute Bruno beim Wasserpumpen zu. Er baute ebenfalls in Hansdorf und schien sehr viel vom Bauen zu verstehen – Bruno war froh, ihn kennen gelernt zu haben. «Eigenbau», fuhr Bertold fort, «was anderes kommt für mich gar nicht infrage. Gar nicht mal wegen des Geldes, dauert ja auch seine Zeit, Jahre vielleicht – aber dafür ist am Ende auch alles tipptopp!»

Bruno pumpte weiter. Trudchen saß im Wagen und schmierte Stullen für die ganze Familie – auf ihren Ausflug zum Baugrundstück hatten sie alles mitgenommen: Brot, Wurst, Kaffee in der Thermoskanne und eine kleine Flasche Limonade für Kay. Schließlich war heute nicht irgendein Tag.

Bertold redete unentwegt weiter. Semmeling hörte ihm aufmerksam zu. Von dem konnte er noch eine Menge lernen.

Bertold klopfte seine Pfeife aus und erhob sich. Zweifelnd blickte er in die Grube. Das Wasser stand immer noch sehr hoch.

«Ob Sie das mit *dem* Ding trocken kriegen?» Er zeigte mit einer vagen Handbewegung auf die Pumpe.

Bruno keuchte zwischen den Pumpbewegungen: «Ab Montag ... haben wir ... eine elek ... trische ... außerdem ... macht's doch ... Spaß!»

Bertold kniff die Augen zusammen: «Passen Sie bloß auf! Der Schubert – die Witwe hat hier ein Haus zwei Straßen weiter, Flachdach mit Holzverschalung obendrauf, haben Sie sicher schon gesehen –, der hat auch ... wie Sie ... und dann, rums, lag er auf'm Rücken. Das kann nicht jeder ab, und mancher hat den Einzug in sein Haus nachher gar nicht miterlebt ... Also, geben Sie Acht auf sich!» Er klopfte Bruno fürsorglich auf die Schulter.

Bruno hörte auf zu pumpen und rief: «Kay, komm mal! Du darfst jetzt.»

21. April 1971

Ich muss immer wieder rausfahren zum Bau. Irgendwas muss immer geprüft oder geklärt werden. Außerdem, sagt Bruno, darf man die Handwerker keine Sekunde aus den Augen lassen. Sonst legen die gleich die Füße hoch, trinken bloß noch Bier und arbeiten gar nicht mehr.

Weil Bruno das Auto hat, muss ich immer mit dem Rad fahren. Das dauert. Ist eben doch ganz schön weit draußen, wo wir bauen. Aber Bruno hat natürlich Recht: Sonst hätten wir es gar nicht bezahlen können. Trotzdem!

Manchmal denke ich, wir kümmern uns zu wenig um Kay. Er kommt aus der Schule, isst was, macht seine Hausaufgaben, und ich muss dann oft schon weg. Er sagt zwar, dass er seine Aufgaben alleine zu Ende macht. Aber wer weiß? Bruno schaut sie sich jetzt abends gar nicht mehr an. Oft fährt er nach Feierabend ja auch noch zum Bau raus.

Aber Kay ist doch so ein lieber Junge, der würde uns bestimmt nicht anschwindeln. Das macht er einfach nicht. Ich mache mir bestimmt wieder viel zu viele Sorgen. Und überhaupt: Wir tun das alles ja auch für Kay.

Viel später als geplant wurde die Baugrube fertig. Und sie war endlich trocken. Der Bau konnte beginnen. Aber dann passierte doch noch ein Unglück, und es sollte nicht das einzige bleiben.

Die neue elektrische Wasserpumpe wurde gestohlen. Ein Herr Menges von der Kriminalpolizei erschien auf der Baustelle. Die Kripo – bei Semmelings! Bruno konnte es gar nicht fassen. Noch nie im Leben hatte er Schwierigkeiten mit dem Gesetz gehabt, noch nie im Leben hatte er die Polizei rufen müssen!

Knauster und Menges schienen den Vorfall gar nicht so tragisch zu finden. «Des passiert öfter», sagte Knauster, «dass Sachen von Baustellen geklaut werden.» Und Menges widersprach ihm nicht. Er machte sich nur ein paar Notizen und fuhr dann wieder davon.

Dass Knauster den Verlust der Pumpe so einfach hinnahm, lag vor allem daran, dass es nicht seine war. «Aber die konnte mer ja net über Nacht in der Baubude einschließe, dann wär des Wasserloch ja gleich wieder voll gelaufe, gell?», sagte er zu Menges. Und zu Bruno: «Des kriege mer schon wieder hin. Bloß grad jetzt is es blöd. Mer könne ja schlecht unter Wasser arbeite ...»

Bruno pumpte also wieder mit der Handpumpe. Den ganzen Abend lang. Nachts regnete es. Und am nächsten Morgen stand die Baugrube wieder bis zur Hälfte unter Wasser.

Dann wurde das Wetter endlich besser. Knauster schaffte eine neue Elektropumpe heran, legte die Baugrube ein für alle Mal trocken und ließ die Sohle schütten.

Am nächsten Tag war Grundsteinlegung. Bruno meldete sich krank – «Ja, wieder der Backenzahn, diesmal muss er wohl endgültig raus» – und entschuldigte Kay in der Schule. Trudchen hatte sich ein schönes hellblaues Kostüm angezogen und die Haare hochgesteckt. Bruno trug einen braunen Anzug. Es war ein ganz besonderer Tag. Die Sonne lachte vom Himmel. Trudchen hatte eine Blechbüchse vorbereitet, in der Brot, Salz und ein Glückspfennig lagen. Bruno würde – als Familienoberhaupt – den Grundstein legen. Obwohl er gar nicht so recht wusste, wie man das macht.

Im Kofferraum hatten sie auch eine Kiste Bier. Für die Maurer.

Aber als sie auf der Baustelle ankamen, ragten die Außenmauern schon kniehoch auf. Sie waren zu spät gekommen. Bruno und Trudchen schauten einander enttäuscht an.

«Ja, was glaube Sie dann?», sagte Knauster amüsiert und kaute auf seiner Stummelzigarre. «In zwei Tagen muss der Keller hochgezoge sein. Wenn Sie da jetzt erst aus'n Federn krieche …»

Aber er wollte den Semmelings die Freude trotzdem nicht verderben. «Wo Sie nu mal da sin», sagte er und drückte Bruno eine Kelle voller Mörtel in die Hand, «mauern Sie halt auch 'nen Stein hin. Is ja egal, wo.»

Bruno packte die Kelle, die jedoch schwerer war als erwartet. Der Mörtel rutschte herunter und platschte auf den Betonboden. Ein paar Spritzer landeten auf Brunos guter Anzughose. Knauster lachte, half ihm dann aber beim Einmörteln und klatschte einen Stein auf die graue Masse.

Bruno ließ sich von dem kleinen Missgeschick mit dem Mörtel nicht die Laune verderben.

Knauster nahm Trudchen die Blechdose ab und versprach ungeduldig: «Hier geht des jetzt net, aber die pack mer dann in die Eck da vorn.» Trudchen lächelte dankbar. Als sie nicht mehr hinsah, schob Knauster die Dose jedoch ganz beiläufig mit dem Fuß unter einen Haufen Bauschutt. ‹Grundsteinlegung›, dachte er. ‹Wir schaffen hier im Akkord. Da haben wir für so was einfach keine Zeit.› Bruno holte jedenfalls hochzufrieden die Bierkiste aus dem Wagen und stieß mit den Maurern an.

Ja, trotz allem war es ein schöner Tag gewesen. Bruno und Trudchen konnten sehen, wie ihr Haus wuchs, gedieh und Formen annahm. Sie spazierten zwischen den Maurern umher, schritten Wände ab und stellten sich vor, wie die Zimmer später aussehen würden.

Doch schon zwei Tage später zerbrach ihr Traum. Baustopp! Auf Anordnung des Bauamts!

Damit hatten nicht einmal Michels und Wumme gerechnet. Und Bruno schon gar nicht.

Schuld waren die zukünftigen Nachbarn.

Michels rief Bruno in der Firma an. Der ließ sofort alles stehen und liegen und fuhr raus zum Bauplatz. Dort traf er Michels und Wumme. Der Bauunternehmer ließ seine Leute gerade die Werkzeuge auf einen Laster laden.

«Ja, Baustopp, is alles stillgelegt. Kann man nix machen. Das dauert. Und die Sachen brauch ich beim Fitzek», sagte Wumme.

Knauster stellte sich neben den völlig aufgelösten Bruno und brummelte gelangweilt: «Der Fitzek dreht sonst durch. Da sin mer eh im Verzug. Geht jetzt net, dass mer des hier rumstehe lasse.»

«Na, na, Kopf hoch!», versuchte Michels die Semmelings aufzumuntern. «Da können wir im Augenblick gar nichts machen. Das Bauamt sagt, die Sohle wäre zu hoch geschüttet. Einspruch des Nachbarn …»

«Ja, aber», unterbrach Bruno ihn verzweifelt und starrte auf die leblose Baustelle, «hätten wir denn nicht *vorher* …»

«Hätten, hätten!» Michels seufzte. «Damit habe ich doch selbst nicht gerechnet. Das Haus sollte möglichst weit aus der Erde raus bei dem Grundwasser. Gewöhnlich geht das hier immer alles gut.»

«Und jetzt?», fragte Bruno ratlos.

«Wir treffen uns in den nächsten Tagen mit dem Baurat.»

«Aber wenn der Nachbar sich auf nichts einlässt, ich meine ...» Verzweifelt rang Bruno die Hände.

«Dann muss meine Versicherung ran», versuchte Michels ihn zu beruhigen.

«Aber wir wollten doch im August einziehen!», sagte Bruno.

Michels sagte nichts.

Zwei Tage später fuhr Trudchen nochmal mit dem Rad raus. Die Baugrube stand wieder unter Wasser. Außerdem hörte Trudchen, wie der Polier vom Nachbarbau einem Spaziergänger erzählte: «Da nebenan geht's nicht mehr weiter. Die sind pleite.»

Bruno hatte keine Kraft mehr, sich darum zu kümmern. Rauszufahren und das richtig zu stellen. Rauszufahren und die Baugrube leer zu pumpen. Wozu auch, wozu? Er fühlte sich leer, ihm war plötzlich alles egal.

31. Mai 1971

Wie haben diese Leute uns das bloß antun können? Wir müssen doch noch ein Leben lang nebeneinander wohnen! Eine Beschwerde beim Bauamt. Beim Bauamt! So was macht man doch nicht – und schon gar nicht so!

Ich bin ganz verzweifelt. Wie soll es denn nun weitergehen? Vor allem läuft uns die Zeit davon. Allerspätestens am 31. Juli müssen wir doch einziehen!

Herr Michels und Herr Wumme nehmen das Ganze völlig gelassen. Der Herr Wumme scheint noch andere Baustellen zu unterhalten. Klar, dem macht das jetzt nix – ist ja nicht sein Haus. Und der Herr Michels sagt, so was kommt eigentlich nie vor, bei tausend Bauten vielleicht einmal. Außerdem sei er versichert. Aber was hilft uns das jetzt?

Gestern hatte der Herr Michels einen Besichtigungstermin mit dem Baurat. Die Sohle ist tatsächlich zu hoch, und unser Nachbar lässt sich auf nichts ein. Sie muss also wieder raus. Ich weiß gar nicht, ob so was geht, aber Bruno sagt, der Herr Michels kümmert sich darum.

Ich frage mich wirklich, ob es so eine gute Idee war, zu bauen. Bruno hat ja Recht, man hat dann was Eigenes. Aber jeden Tag diese Leute sehen müssen, die einem jetzt schon Knüppel zwischen die Beine werfen? Ich weiß nicht! Und noch steht das Haus ja auch nicht. Das bisschen, was schon fertig war, wird wieder rausgerissen. Da kann noch jede Menge schief gehen.

Aber unsere Wohnung ist schon gekündigt, es gibt kein Zurück mehr.

Herr Wenzel war nicht weiter beunruhigt. «Ihre Finanzierung steht doch, Herr Semmeling», sagte er bloß ungeduldig und suchte schon die Unterlagen für sein nächstes Beratungsgespräch zusammen. «Ich sehe da gar keine Schwierigkeiten. Außerdem zahlt die Versicherung des Architekten doch den Schaden.»

«Ja, aber», warf Bruno besorgt ein, «ich fürchte eben nur, obwohl ich das natürlich nicht nachprüfen kann, dass ein Teil dieser Kosten hintenrum wieder in meine Rechnungen reinrutscht.»

Wenzel stand auf und klopfte Bruno beruhigend auf die Schulter. «Aber, aber, Herr Semmeling! Wir sind doch nicht unter Räubern. Glauben Sie mir, den dicksten Ärger haben Sie jetzt hinter sich, passen Sie mal auf!»

«Aber wenn ich erst im September einziehen kann, sind das fünfhundertdreißig Mark mehr Miete», wandte Bruno ein.

«Ja, ja, aber eine gewisse ... äh, Gleitspanne haben wir in der Kalkulation ja noch drin, Herr Semmeling. Und jetzt entschuldigen Sie mich bitte, ich habe noch einen Termin.»

Bruno erhob sich, immer noch mit weichen Knien. Wohl war ihm schon lange nicht mehr mit diesem Hausbau. Aber Wenzel war so zuversichtlich. Und der wusste schließlich, was er tat. Der machte so was ja nicht zum ersten Mal.

Es wird schon alles gut gehen, sagte Bruno sich, *es wird schon alles gut gehen*! Als er die Bausparkasse verließ, regnete es.

Die Semmelings begannen noch einmal zu bauen.

Die Nachbarn, ihr Architekt und der aufgestachelte Baurat waren unnachgiebig gewesen. Die Sohle musste vollständig entfernt werden.

Wumme schickte einen Kran, der donnernd eine Eisenbirne auf das Betonfundament krachen ließ, sodass es in tausend kleine Stücke zerbrach.

Bruno hatte es nicht übers Herz gebracht, zum Bauplatz zu fahren und dem Vandalenwerk zuzusehen. Er saß in der Firma und zeichnete mit zitternder Hand Pläne. Trudchen saß zu Hause und weinte. Kay war in der Schule.

Ein Bagger holte die Betonbrocken aus der Baugrube und schob sie am Rand zu einem riesigen Haufen zusammen. Die zukünftigen Nachbarn standen zufrieden an der Grundstücksgrenze und schauten zu.

Anschließend musste die Baugrube vertieft werden. Dröhnend hielt die Elektropumpe das Bauloch trocken. Michels nahm noch einmal Maß und warf einen bitteren Blick zu den Nachbarn hinüber. Der Bagger baggerte. Knauster und seine Männer gossen eine neue Sohle, diesmal auf der erlaubten Höhe. Dann begannen sie zu mauern.

Die Semmelings kamen weder, um den Fortschritt des Baus zu begutachten, noch wollten sie Fotos machen oder gar einen Grundstein legen. Knauster war zufrieden: Der Bau schritt flott voran.

Wumme hatte ihn angewiesen, die Baustelle von Fitzek zu räumen und eilends den Rohbau von Semmeling hochzuziehen.

Er wusste ja, dass er bis zum Richtfest den Bau durchziehen musste, denn erst nach der Rohbauabnahme floss Geld in seine Kasse. Bis dahin musste er vorfinanzieren. ‹Man kann in unserer Branche in Aufträgen ersticken und trotzdem pleite sein›, dachte er grimmig. ‹Ein Bauherr sieht ja immer nur sein Haus. Das Problem ist, dass wir ja nicht nur ein Haus bauen, sondern x Häuser.› Wumme seufzte. ‹Aber das interessiert die Bauherren nicht.›

Knauster wusste über all das bestens Bescheid. Er hatte das schon hundertmal erlebt. Die erste Euphorie der Bauherren. Die ganze Familie beim Grundsteinlegen. Dann die eine oder andere Katastrophe. Alle verloren die Lust am Bau. Der Bauherr kam nicht mehr gucken. Endlich hätte man seine Ruhe haben können. Dafür drängelte dann plötzlich der Wumme, weil der seine Rechnung loswerden wollte. Knauster kaute auf seinem Zigarrenstummel herum. Bauleiter zu sein war kein leichtes Leben.

Das Richtfest

Der Sommer rückte näher, und endlich wurde das Wetter besser. Wenn die Sonne schien, leuchtete der Bauplatz regelrecht, und nicht einmal Bruno konnte sich diesem Zauber entziehen. Auch seine Frau fing wieder an, in Einrichtungszeitschriften zu blättern, Stoffmuster zu vergleichen und mit Bleistift Möbel in die Grundrissskizzen einzuzeichnen.

Bruno fuhr zum Bauplatz raus, brachte den Maurern eine Kiste Bier mit und betrachtete Sohle und Grundmauern. Doch, ja, es war die richtige Entscheidung gewesen, trotz allem. Das Haus der Nachbarn hatte zwar schon viel mehr Gestalt angenommen, aber Bruno war dennoch zufrieden.

Sein Haus. Vor seinen Augen wuchs sein Haus.

Er kaufte eine Flasche Sekt, und am Abend prosteten Trudchen und er sich glücklich zu. Keine Rede mehr davon, dass sie sich das eigentlich nicht mehr leisten konnten. Über diese kleinlichen Rechnereien waren sie hinweg. Außerdem kam es darauf jetzt auch nicht mehr an.

Der Kripomann Menges blieb ein ständiger Gast auf den beiden benachbarten Baustellen. Knauster nahm das unbeeindruckt hin. «So ist das eben auf'm Bau», sagte er jedem, der es hören wollte, «da kommt schon mal was fort.»

Am 14. Juni wurde die Decke geschüttet – der spätere Fußboden des Erdgeschosses. Die Semmelings waren rausgefahren, um dabei zu sein. Bruno grüßte sogar die Nachbarn, die neugierig über den Erdwall zwischen den Grundstücken schauten. Trudchen sah weg. Sie hatte noch nicht vergessen, was diese Leute ihnen angetan hatten. Die Vernichtung des ersten Fundaments hatte selbstverständlich zu einer erheblichen Bauverzögerung geführt. Aber glücklicherweise hatte sich wenigstens der Auszugstermin auf den 31. August verschieben lassen.

Jedes Wochenende verbrachten die Semmelings nun auf dem Bau. Trudchen inspizierte die Maurerarbeiten, Bruno spritzte mit dem Gartenschlauch den Beton ab, damit er keine Risse bekam, Kay holte Eis in Tüten für sich und seine Eltern und eine Flasche Bier für Herrn Bertold.

«Zwei Tage müssen Sie spritzen, sonst kriegt der Beton Risse, bei der Hitze», hatte Bertold fachmännisch verkündet, seine Pfeife ausgeklopft und das Bier aufgemacht.

Bruno nickte und spritzte weiter. Er war zufrieden und genoss die Sonne. Endlich konnte er wieder selbst mit anpacken. Alles, was er selbst machen konnte, hatte er inzwischen aus der Kalkulation herausgenommen.

«Hier, ganz krisselig», bemängelte Bertold, nachdem er mit der Hand über die Betondecke gefahren war. «Nicht gut durchgemischt. Auf der einen Seite ist der Beton zu fett und auf der anderen zu mager. Das müssten Sie sich mal bei mir ansehen ...»

Bruno kümmerte sich nicht um Bertolds Kritik. Ihm gefiel sein werdendes Haus. Und man konnte ja sehen, wie es bei Bertolds Eigenbau voranging – nämlich äußerst schleppend.

Später auf der Heimfahrt fragte Trudchen plötzlich: «Sag mal, wovon lebt der Bertold eigentlich überhaupt? Der streicht hier den ganzen Tag so in der Gegend rum ...»

«Vielleicht kriegt er ja Rente», mutmaßte Bruno. «Und die Bauerei kostet ihn ja nichts, wenn er alles selber macht.»

«Doch», wandte Trudchen ein, «das Material.» Dann fügte sie nachdenklich hinzu: «Sag mal, der Knauster hat neulich so 'ne Bemerkung gemacht, dass es beim Bertold immer nur weitergeht, wenn irgendwo in der Gegend einer baut. Und der Menges von der Kripo war vorgestern auch schon wieder da, bei unseren Nachbarn. Meinst du, der Bertold ...?»

Bruno schaute seine Frau an, halb amüsiert und halb besorgt. «Ach, nee; du meinst, der ...? Aber doch nicht bei uns!»

Damit war das Thema vorerst beendet. Was Bertold abends auf den Baustellen trieb, wenn niemand mehr zuschaute – das wusste keiner der beiden. Sie hätten es auch nicht wissen wollen.

Architekt Michels und das Bauherrenehepaar Bruno und Trudchen Semmeling inspizierten den Fortschritt der Bauarbeiten.

«Und Sie meinen wirklich, wenn das Wetter hält, holen wir die vier Wochen auf?», fragte Bruno den Bauleiter Knauster.

«Aber sicher», sagte Knauster und schaute vom Gerüst herunter zur Baustelleneinfahrt. Dort stand Fitzek, dessen Baustelle brachlag, weil Wummes Leute jetzt alle mit Semmelings Haus beschäftigt waren. «Der Wumme is net hier!», brüllte Knauster zu Fitzek runter. Der verzog enttäuscht und sauer das Gesicht, schwang sich auf sein Rad und fuhr davon.

«Der hat wohl nichts zu tun, was?», sagte Bruno hämisch.

Michels sah sich im Keller um. Bruno stand bei den Maurern auf dem Baugerüst. Die Sonne stach.

«Ist die Mauer denn auch dick genug?», fragte Bruno und betrachtete ein gerade fertig gestelltes Stück Außenmauer. «Hält die denn auch die Kälte ab?»

Niemand beachtete ihn. Knauster schon gar nicht. Seiner Meinung nach sollten Bauunternehmer einen Mann pro Baustelle einplanen, der nur dafür da war, die ewigen Fragen der Bauherren zu beantworten.

Trotzdem hatte Bruno schon wieder richtig Spaß am Bau.

«Knauster!», rief Michels aus dem Keller. «Knauster!»

Der Polier stieg vom Gerüst und stiefelte in den Keller.

«Ich hab euch doch gesagt, die Ecke fällt weg. Die ist doch völlig sinnlos!», herrschte Michels den Bauleiter an. «Also, die Ecke muss wieder raus, und hier oben sparen wir die Nische aus, sonst gibt das wieder Kantenzuschläge.» Mit einem Fettstift zeichnete Michels die Änderungen am Bauplan auf eine bereits fertig gestellte, aber noch nicht verputzte Kellerwand. «Und mit der Garage könnt ihr erst mal warten, damit wir mit dem Material noch ans Haus rankommen.»

Knauster grinste. «Der Semmeling hat mich schon gefragt, wann die Garage fertig ist. Da will er sein Kaminholz trocknen.»

Michels lachte und steckte seinen Stift wieder ein. «Klar, bevor's einen Kamin gibt!»

Die beiden betrachteten noch einen Moment lang die korrigierte Bauzeichnung an der Wand, dann gingen sie in den Nebenraum. Michels wollte überprüfen, ob dort alles in Ordnung war.

Trudchen fegte derweil den Kellereingang und räumte auf. «Da, das muss weg, und das hier», wies sie Ali, den Stift, an. Ali nahm sich einen Eimer mit Tünche und Witscherquaste und trug ihn einen Raum weiter. Blöde Arbeit, dachte er. Dann sah er sich um, grinste – und übertünchte schnell mit zwei, drei groben Strichen Michels' Bauzeichnung.

Anschließend kehrte er zu Trudchen zurück und half ihr brav, die Steine ordentlich aufzuschichten. Außerdem sollte er alle herumliegenden Werkzeuge zusammensammeln und wegsortieren.

Wenige Augenblicke später beschwerten sich Knauster, Michels und einer der Maurer gleichzeitig. Knauster und Michels vermissten ihre Zeichnung, der Maurer sein Werkzeug.

Ali feixte. Und die Bauherrin klopfte sich die staubigen Hände sauber und betrachtete stolz ihr Werk.

17. Juni 1971

Ich arbeite enorm mit auf dem Bau. Vor allem sorge ich für Ordnung, beseitige Schutt und halte überhaupt alles sauber. Man glaubt gar nicht, was diese Bauarbeiter für einen Dreck machen!

Neulich abends ist der Herr Michels mit Bruno und mir nochmal rausgefahren zum Bau und hat alles nachgemessen. Unsere Nachbarn halten den gesetzlichen Mindestabstand zur Grundstücksgrenze nicht ein, sagt er. 2,85 Meter statt 3. Er wollte gleich zum Bauamt gehen. Aber Bruno und ich waren dagegen. Wir sind unseren Nachbarn wahrlich nicht grün, aber wir wollen auch keine Feindschaft. Schließlich müssen wir noch ein Leben lang miteinander auskommen.

Aber dann passierte das mit dem Mutterboden. Die Nachbarn haben sich einfach auf unserer Seite bedient und 30 Kubikmeter Boden in ihre Baugrube schieben lassen, davon mindestens 20 Kubikmeter Mutterboden.

Jetzt muss einfach Schluss sein!

Deshalb haben wir uns mit denen getroffen. Die Nachbarin hat dann gesagt, ihr Mann könnte doch für den Boden bezahlen. Und dabei hat sie Bruno schöne Augen gemacht. Und der ist auch noch darauf eingegangen. Diese Schlange!

Die zukünftigen Nachbarn hießen Hassert. Rolf Hassert war 44 Jahre alt und seit 1967 Studienrat am Alten Gymnasium. Sein Nettoeinkommen betrug 1880 Mark und 80 Pfennige.

«Is 'n Pauker. Wird geboren, kriegt Ferien und stirbt», sagte Budke, einer der Maurer. Er saß in der Baubude auf Semmelings Baugrundstück und las Zeitung.

Sein Kollege Gerhard hatte gerade aus dem Fenster geschaut und den Bauherrn der Nachbarimmobilie entdeckt. Der saß in einem Klappstuhl neben dem Bau und korrigierte Klassenarbeiten.

«Wo ich vorher war», sagte Budke, «hat sich der Bauherr 'n Zelt hingestellt. Der hat richtig gecampt neben seinem Bau, hat auch da gepennt, damit der Bau übers Wochenende nicht allein bleibt!» Dann widmete er sich wieder seiner Zeitung.

Gerhard sagte: «Die Bauherren glauben immer, sie haben's mit 'ner halben Gangsterbande zu tun. Ich werd den Kollegen da drüben mal was stecken.»

Die Kollegen auf dem benachbarten Bau waren dankbar für

den Hinweis – und empört über die Kontrolle. Sie rüsteten den Stift mit einem Brett, einer Flasche Bier und einer Zeitung aus und stellten ihn dazu ab, Arbeit vorzuschützen.

Der Stift trug das Brett mal hierhin, mal dorthin. Immer so, dass der Bauherr es gut sehen konnte. Zwischendurch setzte er sich in eine Ecke, trank Bier und las, während seine Kollegen durchs Fenster nach draußen kletterten, blaumachten und sich ins Fäustchen lachten.

21. Juni 1971

Ich verstehe das nicht. Warum muss man den Bauarbeitern eigentlich immer hinterherräumen? Die sind wie Kinder, lassen immer überall alles rumliegen.

Gestern habe ich mit dem Ali die Steine sortiert. Ich habe die Glasbausteine und die Kaminklinker sortiert, gestapelt und gezählt – und als ich fast fertig war, kommt der Ali und fährt das alles mit seiner Schubkarre wieder um. Da musste er natürlich noch einmal ran und alles wieder in Ordnung bringen.

Überhaupt herrscht ein Durcheinander auf dieser Baustelle! Der Herr Gerhard zum Beispiel lässt sein Werkzeug immer überall liegen. Das habe ich heute bestimmt fünf Mal wieder weggeräumt. Und er hat sich kein einziges Mal bedankt.

Als der Ali mit der Schubkarre gegen die Steine gefahren ist, sind natürlich auch welche zerbrochen. Das tut mir dann immer richtig weh, wenn ich sehe, wie die mit den teuren Steinen umgehen. Die müssen's ja nicht bezahlen!

Dann habe ich auch noch eine gemauerte Ecke im Keller entdeckt, die im Plan doch längst gestrichen worden ist. Hab ich dem Herrn Budke auch gleich gesagt. Aber der sagt, ich soll das dem Herrn Knauster sagen. Und Herr Knauster sagt, ich soll das dem Herrn Michels sagen. Und dann haben sie einfach weitergemauert!

Ich habe nicht rumgeschimpft, ich habe mir nur alles gemerkt und dann versucht, Bruno anzustacheln, damit er Druck macht.

Gestern waren zum Beispiel vier Maurer da, um 10 Uhr ist dann einer weggefahren. Material bestellen, hat der Herr Knauster gesagt. Der war aber erst um 11 Uhr 15 zurück! Wenn man nicht genau aufpasst!

Und die Türzargen sind auch immer noch nicht da. Der Tischler lässt sich überhaupt nicht blicken. Und der Klempner war auch nur mal kurz da, hat geguckt und ist wieder weggefahren.

Außerdem haben die Maurer zwei unserer teuren Kaminklinker vermauert. Einfach so, mittendrin. Gleich am Eingang, ich habe das natürlich sofort gesehen. Als ich Gerhard gerufen habe, um mich zu beschweren, haben alle bloß gelacht. Sollte das etwa ein Spaß sein? Ich fand's jedenfalls überhaupt nicht lustig.

Als ich das alles gestern dem Bruno erzählt habe, abends im Bett, ist er einfach eingeschlafen.

«Ich müsste dringend mal zum Friseur», sagte Trudchen und fuhr sich vor dem Badezimmerspiegel durch die Haare.

«Dann geh doch», sagte Bruno. Er setzte sich müde auf die Bettkante.

«Wann denn? Wenn ich nicht beim Bau aufpasse …», beschwerte sich Trudchen. «Du kümmerst dich ja nicht!»

«Also, das ist doch …!» Bruno stand auf, band sich die Krawatte ab und zog sich das Hemd aus.

«Ist doch wahr!», setzte Trudchen nach. «Wann bist du denn schon mal da? Die Ecke im Keller zum Beispiel, das musst du denen unbedingt mal sagen. Und den Träger am Eingang haben sie abgesägt und auf die Drainagerohre geschmissen, einfach so. Da musst du mal schimpfen! Und du musst sowieso unbedingt …»

Trudchen hatte das Bad verlassen. Wortlos ging Bruno an ihr

vorbei ins Bad und schloss die Tür. Ihre Stimme klang noch gedämpft zu ihm hinein, aber Bruno machte sich nicht die Mühe, ihr zuzuhören. Der Bau hat eine solche Kraft, dass er eine Ehe sehr belasten kann, dachte Bruno.

Nach der Arbeit fuhr Bruno direkt raus zum Bauplatz in Hansdorf. Seine Frau war schon dort. Um Kay mussten sie sich glücklicherweise keine Sorgen machen. Der machte Hausaufgaben. Dachten Trudchen und Bruno. Tatsächlich saß Sohnemann im Kino und sah sich mit einem Freund «Grimms Märchen vom lüsternen Pärchen» an. ‹Falls mal einer von der Schule anrufen sollte, war ja keiner da›, dachte Kay und schob sich eine Hand voll Popcorn in den Mund.

Zwischen den großen Schlitten der Handwerker fand Bruno gerade noch ein freies Plätzchen für seinen Ford Taunus. Er stellte den Wagen ab und holte eine Kiste Bier aus dem Kofferraum.

Vor dem Bau stand Menges von der Kripo. Semmeling stellte die Bierkiste ab. «Schon wieder?», fragte er.

«Ja. Nur 'n paar Holzböcke. Aber immerhin …» Menges zuckte mit den Achseln und ging wieder.

Bruno ließ sich die gute Laune aber nicht verderben – ein paar Holzböcke, daran würde der Bau nicht scheitern! Er packte die Bierkiste wieder an und hievte sie in den Rohbau. Die Handwerker begrüßten ihn entsprechend freundlich und bedienten sich unter den kritischen Blicken der Bauherrin vom Nachbargrundstück.

Frau Hassert hielt den Umgang, den die Semmelings mit ihren Handwerkern pflegten, für grundverkehrt. ‹Die Handwerker lachen sich doch tot über einen Bauherrn, wenn der noch genug Geld hat, um kistenweise Bier auszugeben›, dachte sie.

Bruno Semmeling blieb stehen, genoss die wärmenden Strahlen, freute sich am Baulärm. In diesem Augenblick empfand er genau das, was jeder Bauherr einmal verspürt: die tiefe Zufriedenheit über das Entstehen des eigenen Hauses. Er war glücklich!

«Net hier!», brüllte Knauster hinter ihm. Bruno zuckte erschrocken zusammen. «Zurück!», brüllte Knauster. «Hier könnt ihr des net ablade, da steht's uns im Weg!»

Bruno sah sich um. Ein Lastwagen hatte rückwärts in die Einfahrt gesetzt. Der Fahrer lehnte sich aus dem Fenster und brüllte zurück: «Wenn ihr noch lang überlegt, fahr ich weiter! Wohl'n Arsch offen, wat?»

Knauster brüllte – diesmal in Richtung Baustelle –: «Ali! Hilf mal runterladen!»

Der Fahrer stieg aus. Zusammen mit Ali und zwei weiteren Handwerkern, die Bruno noch nicht kannte, lud er einen in Holzwolle und Latten verpackten Heizkessel vom Laster. Dann ließen die Maurer ihn mitten auf der Einfahrt stehen. Der Fahrer stieg wieder ein und fuhr davon. Die anderen verschwanden wieder auf der Baustelle.

Bruno sah seine Stunde gekommen.

Er holte sich Stemmeisen und Hammer und packte den Heizkessel aus. Dann holte er einen Eimer mit Wasser und ein Stück Seife aus der Baubude und einen Lappen aus seinem Kofferraum. Er schrubbte den Heizkessel gründlich sauber, entfernte Staub und Schlieren, Schlamm und Schmutz.

Es war Mittag geworden, und der Schweiß lief ihm in Strömen übers Gesicht. Aber die Arbeit machte ihm einen Mordsspaß. Er wusste schließlich, wofür er hier rackerte! Schließlich trat Bruno ein paar Schritte zurück und bewunderte zufrieden sein Werk. Ali tauchte neben ihm auf und nickte anerkennend.

Bruno strahlte.

Zwei Männer kamen vom Nachbargrundstück herüber, hoben den Heizkessel an und trugen ihn davon.

Bruno erblasste. «War der … war der etwa für … drüben?», stotterte er entsetzt.

Ali nickte. «Jau», sagte er.

Auch Trudchen machte sich nützlich. Sie maß die werdenden Zimmer nach – und stellte jede Menge Abweichungen vom Bauplan fest.

«Herr Knauster», wandte sie sich an den Bauleiter, «das Fenster im Schlafzimmer, das stimmt nicht, das sitzt viel zu weit rechts.»

Knauster machte gerade Pause. Er saß auf einem kleinen Stapel Ziegel, aß ein Butterbrot und las Zeitung. «Hm», machte er, ohne auch nur aufzusehen.

«Also, gucken Sie doch mal hier auf den Plan!», bat Trudchen ihn aufgeregt.

Knauster stöhnte. Wozu gab es Pausen, wenn man dann nicht Pause machen konnte? Ohne auch nur einen Blick auf den Plan zu werfen, sagte er: «Schauen'S, Sie dürfe nun nich mit 'ner Lupe durchs Haus gehe, gell! So paar Zentimeter, des ist kei Maß bei uns. Kann sein, dass da mal beim Anlege ein Stein versetzt wird … aber des sind doch Lappalien.» So, damit sollte das ja wohl erledigt sein, dachte er und vertiefte sich wieder in die Zeitung mit den großen Buchstaben.

Doch die Bauherrin ließ nicht locker. «Aber da, da wo das Fenster ist, da kommt eine Mauer hin.» Sie hielt Knauster den Bauplan hin und zeigte auf die fragliche Stelle. «Hier, sehen Sie?»

Seufzend legte Knauster seine Zeitung beiseite und betrachtete den Bauplan. Ärgerlich kaute er auf seinem kalten Zigarrenstummel herum. «Ja, ja, is net weiter schlimm», murmelte er, halb um sich zu beruhigen, halb für die Bauherrin. Zu Ali, dem Stift, der neben ihm saß, sagte er: «Da brichste 'nen halben Meter daneben.» Dann sah er auf und meinte zu Trudchen: «Des Loch mache mer später wieder zu.»

Trudchen nahm den Bauplan wieder an sich und schaute Knauster zweifelnd an. Aber was sollte sie machen? Sie entfernte sich, um woanders nachzumessen.

Ali hatte bereits seine Stulle beiseite gelegt und war aufgestanden, um das gewünschte Loch in die Mauer zu brechen.

Aber Knauster winkte ab. «Net jetzt, später!» Ali setzte sich wieder hin. «Nie hetze lasse, sonst bist bald mit den Nerven fertig, und des nutzt dann auch keinem.»

Das leuchtete Ali ein.

28. Juni 1971

Der Herr Fitzek war gestern wieder auf unserer Baustelle. Er hat gefragt, ob wir wüssten, wo der Herr Wumme ist. Aber den Herrn Wumme haben wir auch schon lange nicht gesehen. Er tut mir ja fast ein wenig Leid, der Herr Fitzek. Auf dessen Baustelle geht es gar nicht voran, weil die Kolonne vom Herrn Knauster bei uns ist. Aber ich kann ja auch nichts dafür!

Heute hat mich der Herr Rodewalk, der Elektriker, richtig hochgenommen. Er hat gesagt, er wolle die Lichtschalter alle sechzig Zentimeter über dem Boden anbringen. Das sei doch sehr praktisch – wenn ich mal mit einem vollen Tablett reinkäme, könnte ich das Licht mit dem Knie anmachen. Ich fand das unmöglich. Das habe ich auch gesagt. Da haben alle angefangen zu lachen, und ich merkte, dass das bloß ein Spaß sein sollte. Aber da konnte ich gar nicht drüber lachen.

Die Handwerker haben's gut. Die machen einfach ihre Arbeit und müssen sich nichts dabei denken. Da können sie ja auch gut lustig sein. Aber Bruno und ich, wir wissen kaum noch, wo uns der Kopf steht. Man muss an so viel denken, wenn man baut! Wirklich, da ist mir nicht nach Späßchen!

Obwohl der Herr Rodewalk es bestimmt nur gut gemeint hat und mich aufheitern wollte. Der ist nämlich ganz nett – und der Einzige, der seine Arbeit wirklich ernst zu nehmen scheint. Jedenfalls macht er den Eindruck.

Im Keller ist die Ecke immer noch drin. Halbhoch gemauert. Da muss Bruno wirklich nochmal ein ernstes Wort mit dem Herrn Knauster reden. So kann das doch nicht bleiben. Und die Sache mit dem Fenster im Schlafzimmer, wo eine Wand davor kommt – da muss auch noch was passieren.

Davon abgesehen geht alles gut. Der Bau schreitet zügig voran – endlich. Bloß um Kay mache ich mir Sorgen. Der ist so still.

Beim Abendessen erzählt er gar nicht mehr, wie es in der Schule war. Ich habe ihn heute gefragt, ob er auch immer seine Aufgaben macht. Er sagt ja. Aber ich habe trotzdem ein schlechtes Gewissen, weil ich doch jetzt immer schon morgens rausfahre zum Bau. Kay isst dann mittags bei der Mutter von einem Schulfreund. Das haben wir so vereinbart. Aber richtig finde ich das eigentlich nicht.

«Hier steht, gar herrlich anzusehen,
der Bauherr wird es gern gesteh'n,
das neue Haus, stolz aufgericht'!»

«Wer is'n das? Kennst du den?», flüsterte Trudchen ihrem Mann zu. Sie nickte in Richtung eines Handwerkers, den sie noch nie gesehen hatte. «Pssst!», machte Bruno.

Ein dicker Zimmermann stand neben dem Richtkranz auf dem mittlerweile fertig gestellten Dachfirst und trug die althergebrachten Verse vor. Es nieselte ein wenig. Trotzdem genossen die Semmelings ihr Richtfest.

Vier Maurer, zwei Klempner, drei Zimmerleute, Michels, Wumme, der Elektriker und der Baurat waren dabei. Wer fehlte, war der Bauleiter Knauster, und nur seiner Doppelkopfrunde vertraute er den wahren Grund dafür an, nämlich: «Wisst ihr, für unsereiner is des net mehr so sehr … also, im Baugewerbe is da keiner mehr scharf drauf. Den Abend um die Ohren schlage, sich mit Alkohol voll laufe lasse, und vor dem Bau steht das Auto … Und außerdem: Wenn man'n ganzen Tag außer Haus ist, freut man sich, wenn man Feierabend hat. Aber andererseits: Die Bauherren bestehen auf 'nem Richtfest. Die freu'n sich immer drauf wie die Schneekönige. Und wenn dann keiner kommt, sind's sauer. Aber ich hab wirklich kei Zeit.»

Trudchen hatte das Richtfest für 16 Personen geplant. Mit Bruno und Kay hatte sie in der Garage einen langen Tisch aufgebaut, ihn hübsch gedeckt und geschmückt, sogar ein paar Luftballons und Luftschlangen zierten die Wände. Sie hatten Kartoffelchips und Gürkchen verteilt; ein Fass Bier stand in der Ecke. Für später war noch etwas von der Hähnchenbraterei bestellt.

«… brav tat ein jeder seine Pflicht»,

rezitierte der Zimmermann auf dem First,

«der an dem Bau mit tätig war,
man scheute Müh' nicht noch Gefahr.
Gesegnet sei das neue Haus
und die da gehen ein und aus.
Den Bauherrn, seine Lieben
möge nie ein Leid betrüben. Hoch!»

Der dicke Zimmermann schenkte sich ein Schnapsglas voll und nahm einen Schluck.

«Und allen, die hier unten steh'n,
wünsch ich viel Glück und Wohlergeh'n.»

Wieder trank der Zimmermann einen Schluck Schnaps.

Der Architekt Michels stieß Bruno in die Seite. «Passen Sie auf, ob das Glas zerspringt! Das ist ein gutes Omen.»

Der Zimmermann rief vom Dachfirst:

«Der letzte Schluck,
er gilt der Ehre
des Handwerks, dem ich angehöre. Hoch!»

Er trank sein Glas aus.

«Du, Glas, zersplittere im Grund,
geweiht sei dieses Haus zur Stund'!»

Der Zimmermann warf das Glas gegen eine Mauer. Es zersprang klirrend in tausend klitzekleine Scherben. Bruno lächelte zufrieden. Ganz fest drückte er Trudchens Hand.

Der bullige Zimmermann kletterte mühsam vom Dachfirst herunter. Die übrigen Gäste hatten es sich bereits in der Garage gemütlich gemacht. Bruno bedankte sich bei Henke, und gemeinsam mit Trudchen und Kay marschierte er ebenfalls in die Garage.

Es hatte aufgehört zu regnen.

Auf dem Feldweg stand – etwas abseits, sodass niemand ihn bemerkte – Herr Fitzek. Mit sehnsüchtigem Blick wohnte er dem Ereignis aus der Entfernung bei.

«Das ist mein sechsundzwanzigstes Richtfest», verkündete Eigenbau-Fachmann Bertold breit grinsend, als er sich der stolzen Runde zugesellte. «Und drei von den Häusern sind nie fertig geworden, weil denen unterwegs das Geld ausgegangen ist.» Bertold trug einen feinen grauen Anzug und dazu einen lila Schlips.

Bruno sah seine Frau an. Also, *er* hatte den Bertold jedenfalls nicht eingeladen … Und überhaupt, was der da wieder erzählte!

Aber die anderen fanden's lustig.

Fast 30 Gäste hatten auf den Bänken Platz genommen. Die Garage schien aus allen Nähten zu platzen. Bruno freute sich darüber – einerseits. Andererseits fragte er sich schon, was das eigentlich für Leute waren, die da auf seine Kosten essen und trinken wollten. Nur die wenigsten von ihnen hatte er je auf seiner Baustelle gesehen! Aber was sollte er machen? Rauswerfen konnte er sie ja kaum.

Als Knauster später hörte, wie skeptisch Bruno die ihm Unbekannten beäugt und wie widerwillig er sie bewirtet hatte, sagte er:

«Also, ehrlich, wie man's macht, is es falsch! Da hab ich euch extra gesagt, ihr sollt da unbedingt hingehe und auch noch andere Kollege Bescheid sage, damit richtig was los is auf dem Richtfest vom Semmeling. Der is ja an sich ’n netter Kerl, und er hat sich doch so drauf gefreut. Und dann is ses auch wieder net recht. Also, ehrlich!»

Bruno schlängelte sich an der Wand entlang zum Bierfass hindurch. Mit energischen Hammerschlägen trieb er den Zapfhahn ins Fass und schenkte die ersten Gläser ein. Er stieß mit Michels und Wumme an. Der versicherte ihm: «So, und jetzt machen Sie sich mal keine Sorgen mehr, das geht jetzt zügig weiter voran! Ist doch in unserem eigenen Interesse, dass es vorangeht. Erst wenn’s fertig ist, kriegen wir Geld!» Wumme grinste, denn in Wahrheit verhielt es sich so, wie er es seinen Skatbrüdern darstellte, nämlich: «Zugegeben, das ist nur die halbe Wahrheit. Aber das merkt der Bauherr ja früh genug. Die erste Zahlung wird fällig bei Rohbauabnahme, deshalb drücken wir bis dahin auf die Tube. Na ja, und dann … dann seh’n wir halt weiter. Und die Bauherren sollen sich bloß nicht beschweren! Beim Semmeling zum Beispiel, da hab ich extra noch drauf geachtet, dass der die Rechnung erst am Tag nach dem Richtfest kriegt. Ist doch nett von mir, oder? Müsst ich nicht machen – ist ja schließlich mein Geld, auf das ich länger warten muss!»

Da Bruno am Tag der Feier davon nichts wusste, freute er sich über Wummes Bemerkung und sah voller Hoffnung dem Fortgang des Baus entgegen.

Das Richtfest wurde richtig schön. Es gab genug zu essen und zu trinken. Was für ein Glück, dachte Semmeling, dass wir nicht zu sparsam geplant haben, zumal die Handwerker peinliche Geschichten von geizigen Bauherren und misslungenen Richtfesten zum Besten gaben. Vor allem das Bier war reichlich bemessen.

Kay hatte im Transistorradio einen Sender mit Tanzmusik eingestellt, und nach dem Essen wurde das Tanzbein geschwungen. Die Stimmung wurde immer besser, und nach einer Weile übertönte der trunkene Gesang der Handwerker sogar das Radio.

«Pigalle, Pigalle, das ist die größte Mausefalle», sangen sie und

tanzten dazu Polonaise rund um den Tisch. Und Wumme stimmte – schon etwas angetrunken – immer wieder «*So ein Tag, so wunderschön wie heute*» an. Die anderen fielen lauthals mit ein.

Zwischendurch fragte Michels leise: «Sagen Sie, Herr Semmeling, haben Sie schon Rechnungen bekommen?»

Semmeling rückte mit vom Hähnchenessen fettigen Fingern seine Brille zurecht und schaute den Architekten verdutzt an. «Nein, wieso?»

«Na ja, nach der Rohbauabnahme wird ja einiges fällig …»

«Ach», winkte Semmeling unbesorgt ab, «dafür steht ja jetzt auch richtig was da!» Er schaute zum Richtkranz hinauf, der in der lauen Nachtluft schaukelte. Die Laune ließ er sich nicht verderben, jetzt nicht.

«Also die Urzunft, das sind ja wir Zimmerleute», verkündete Zimmermann Henke der eher desinteressierten Bauherrin beim Tanzen. «Die Maurer sind erst später gekommen. Drum heißt es: Die Zimmerleute haben das Haus gebaut, die Maurer ham auch dran geklaut!» Henke lachte dröhnend. Trudchen lächelte höflich.

Als Bruno zwischendurch einmal austreten musste, ging er zu dem kleinen Klohäuschen mit dem geschnitzten Herzen hinüber, das auch die Handwerker benutzten.

Als er wieder herauskam, stand er Frau Hassert, seiner zukünftigen Nachbarin, gegenüber.

«Gratuliere, alles Gute!», sagte Frau Hassert und streckte Bruno lächelnd die Hand hin.

Bruno rieb seine Hände, peinlich berührt, aneinander. Zögernd gab er Frau Hassert die Hand. «Danke», sagte er und fügte mutig hinzu: «Haben Sie Lust, einen Augenblick mit uns …?» Vage deutete er zu der Garage hinüber, wo das Richtfest in vollem Gange war.

«Nein, leider», entgegnete Frau Hassert. «Mein Mann wartet auf sein Abendbrot.» Sie warf ihm noch einen letzten langen Blick zu und verschwand dann in der Dunkelheit.

Bruno zuckte ratlos die Achseln und trottete in die Garage.

Dort waren mittlerweile der Polier Gerhard und der dicke Zimmermann in Streit geraten. Warum, wusste niemand so genau. Michels stand zwischen den beiden und hielt sie davon ab, sich zu schlagen. Der Zimmermann schüttete Gerhard ein Glas Bier ins Gesicht. Gerhard zerrte wutentbrannt an der Weste des betrunkenen Zimmermanns.

Bruno schaute entsetzt zu. Dann aber zog der Zimmermann doch einfach schwankend von dannen, Gerhard beruhigte sich, und die anderen feierten lachend weiter. So etwas gehörte wohl dazu.

Bruno schaute an sich herunter. Er trug einen grauen Anzug; auch Trudchen hatte sich mit ihrem mintfarbenen Kostüm für das Richtfest extra fein gemacht. Im Grunde waren sie hier fehl am Platze, zwischen all diesen derben Handwerkern. Und dennoch fühlte er sich wohl: Sie feierten mit ihm, freuten sich mit ihm. Über sein Haus.

3. Juli 1971

Ich weiß nicht recht. Einerseits war unser Richtfest schon schön. Aber andererseits …

Ich war das einzige weibliche Wesen auf dem Richtfest und musste eben jeden Spaß mitmachen.

Wir hatten alles sehr gut vorbereitet, den Tisch schön gedeckt und sogar die kahlen Mauern der Garage geschmückt, so gut das eben ging.

Das Wetter spielte auch mit. Zuerst nieselte es ein wenig, aber dann klarte es doch noch auf.

Aber es waren viel mehr Leute auf dem Richtfest als je auf unserem Bau. Viele hatte ich noch nie gesehen. Aber Bruno wollte nichts dagegen unternehmen. Wahrscheinlich wollte er nicht kleinlich wirken.

Der Herr Bertold war auch da, obwohl wir den gar nicht eingeladen hatten. Na ja. War sicher nett gemeint.

Jedenfalls haben Bier und Essen gerade so gereicht.

Lustig fand ich, wie Bruno das Bierfass angestochen hat. Das scheint gar nicht so einfach zu sein. Jedenfalls hat er den Zapfhahn nicht gleich reinbekommen, und das schöne Bier ist überall rumgespritzt. Er roch noch am nächsten Tag danach ...

Nach dem Essen haben wir getanzt. Ich war ja die einzige Frau und musste mit allen tanzen, die wollten. Das gehört eben dazu. Bruno hat das nicht gefallen, aber was hätte ich denn machen sollen?

Insgesamt fand ich's doch ganz schön. Zum Abschied hat Herr Wumme noch gesagt, wir sollten uns keine Sorgen machen, jetzt würde es ganz zügig weitergehen.

Das möchte ich auch hoffen. Schließlich müssen wir Ende August ausziehen. Spätestens!

Nach Vorlage des Rohbauabnahmescheins überwies Herr Wenzel von der Bausparkasse ein Drittel der Finanzierungssumme an Bruno.	36700,– DM
Bruno zahlte per Scheck die Rechnungen von Bauunternehmer Wumme,	– 23423,– DM
Zimmermann Henke,	– 7200,– DM
dem Klempner	– 3426,– DM
und vom Elektriker Rodewalk.	– 890,– DM
An Anliegergebühr und Anschlussgebühr für das Elektrizitätswerk wurden 1400 Mark fällig.	– 1400,– DM
Von nun an zahlte Bruno Miete *und* Zinsen.	– 1140,– DM

Bauwetter

Das Wetter war wunderbar. Die Sonne stand hoch am Himmel, der Himmel war blau, kein Wölkchen weit und breit. Die Wettervorhersage: Sonne, Sonne und nochmals Sonne. Ein traumhafter Sommer – bestes Bauwetter.

Bruno Semmeling stand vor seinem Rohbau. Der Richtkranz raschelte leise, flatterte vertrocknet im Wind.

Bruno war verzweifelt. Außer Trudchen und ihm war niemand da. So wie gestern und vorgestern.

Wo blieben nur die Handwerker? Bis zum Rohbau war doch – letztendlich – alles so gut gelaufen! Und jetzt? Was war jetzt los?

«Ferien, damit musst du dich abfinden», sagte Trudchen und fegte weiter. Sie hielt den Bau sauber.

«Aber jeder Tag Verzug kostet mein Geld!», entgegnete Bruno verzweifelt.

Trudchen räumte unverdrossen im Inneren des Rohbaus auf.

Aufgeregt lief Bruno zur Auffahrt, sobald er ein Motorengeräusch hörte. Aber er wurde immer wieder enttäuscht. Trudchen sah, wie er mit hängenden Schultern zurückkehrte.

«So kann das nicht weitergehen», rief sie. «Du musst was unternehmen! Fahr doch mal zu Herrn Wumme und erkundige dich, warum keiner kommt.»

Und das tat Bruno dann auch. Genau! Mit anderen konnten die das vielleicht machen – aber nicht mit ihm.

«Mein Vater is nich da, und ich weiß nich Bescheid», fertigte ihn Wummes Tochter kurz und bündig ab.

«Aber Ihr Vater hat mir doch fest zugesagt, dass der Bau jetzt zügig …» Bruno war unsicher. «Weil wir doch ohnehin knapp mit der Zeit sind.»

Wummes Tochter machte sich nicht einmal die Mühe, sicherheitshalber im Auftragsbuch nachzuschauen. «Hier steht nix. Und mein Vater könn Sie erst abends erreichen.»

Unverrichteter Dinge zog Bruno wieder ab.

Aber dann hatte er die rettende Idee. Er würde einfach direkt zu den anderen Handwerkern fahren! Wenn Wumme es nicht tat – dann würde er sich eben selber darum kümmern, dass die Handwerker ihre Arbeit wieder aufnahmen. Und zwar schleunigst!

Heinrich Waldherr, Heizungen und Installationen stand auf dem Schild neben der Tür. Bruno rüttelte an der Klinke. Vergebens. Die Tür war abgeschlossen. Da sah er das kleine Schild: «Betriebsferien vom 7. Juli – 6. August».

Betriebsferien? Und was sollte aus seinem Haus werden?

Bruno fuhr weiter. Zum Klempner. Der war immerhin da. «Also, ehe die Innenmauern nicht hoch sind und das Dach dicht ist, kann ich gar nichts machen», sagte ihm der Klempner. Nicht unfreundlich. «Aber keine Sorge, ich steh hier auf Abruf. Wenn Sie mich jetzt entschuldigen? Ich habe Kundschaft.» Damit wandte er sich wieder einem älteren Ehepaar zu, das überwältigt vor einem großen Angebot verschiedenster Kacheln, Becken und Toiletten stand. «Wollen wir also bei der ‹Donau›-Serie bleiben?», fragte der Klempner und leckte schon seinen Bleistift an.

Bruno verließ das Geschäft.

Doch so schnell gab er nicht auf. Entschlossen rückte er seine Brille zurecht, stieg in den Wagen und fuhr zum Zimmermann.

Aber Henke hatte keine Zeit. «Sobald wir mit dem Schulhaus durch sind, kommen wir zu Ihnen. Ehrenwort! Sonst habe ich im Augenblick wirklich niemanden zur Verfügung, keiner da, Schulferien. Da sind alle im Urlaub.»

Das passte Bruno Semmeling nun überhaupt nicht. «Ausgerechnet jetzt, bei *dem* Bauwetter?», klagte er.

«Na ja, ist doch auch schönes Ferienwetter, nicht?», hielt

Henke kühl dagegen und setzte noch nach: «Sehen Sie zu, dass der Wumme die Innenmauern hoch hat, bis wir kommen!»

Semmeling ließ den Zimmermann empört stehen. Er fuhr zu seinem Architekten. Jetzt sollte Michels sich mal um die Sache kümmern!

Doch auch Michels hatte keine Zeit für Semmeling. Denn Michels zog um. Er bildete mit zwei Kollegen eine Planungsgruppe. Er allein würde heutzutage neben den großen Bauträgern – wie zum Beispiel der Neuen Heimat mit ihren Planungsstäben – nicht mehr existieren können, hatte er sich gesagt.

«Der Wumme hat mir fest versprochen, dass er morgen wieder bei Ihnen ist. Während der großen Ferien hat der's mit seinen Leuten auch schwer», sagte Michels und dirigierte gleichzeitig die Möbelpacker.

«Aber ich muss doch bis September unbedingt fertig sein», drängte Bruno verzweifelt.

Michels klopfte ihm beruhigend auf die Schulter. «Bis dahin sind Sie drin. Machen Sie sich mal keine Sorgen! Und der Elektriker soll inzwischen schon mal …» Einer der Packer wollte etwas wissen, sodass Michels den Satz nicht zu Ende führen konnte. «Augenblick bitte!», sagte er zu Bruno und verschwand in den Tiefen seines Büros.

Als er zurückkam, fragte Bruno gleich: «Können *Sie* nicht mit dem Elektriker sprechen?»

«Aber, Herr Semmeling», wehrte Michels ab und hob beide Hände. «Sie sehen doch selbst! Dazu habe ich im Augenblick *wirklich* keine Zeit! In 14 Tagen kann ich mich wieder mehr um Sie kümmern.» Er fasste Bruno am Arm und schob ihn – freundlich, aber bestimmt – zur Tür hinaus. Zum Abschied zog er noch einen kleinen Zettel aus der Tasche seines braun karierten Jacketts. «Hier, meine neue Adresse. Bis bald, und Kopf hoch, Herr Semmeling, das wird schon alles!»

‹Mit den kleinen Aufträgen wie dem vom Semmeling … das würde in ein paar Jahren ohnehin vorbei sein›, dachte er. ‹Eine

Zeit lang wurde der Eigenheimgedanke ja propagiert. Aber das war eine Sache der Vergangenheit. In Zukunft würde man es sich nicht mehr leisten können, den Luftraum zu verschenken.›

Er wandte sich ab und konzentrierte sich wieder auf seinen Umzug.

Enttäuscht ging Bruno zu seinem Auto. Er warf einen letzten Blick auf Michels' Umzugslaster, dann stieg er in seinen kleinen Ford und fuhr zum Elektriker Rodewalk.

Vielleicht würde wenigstens der ihm helfen, vielleicht. Noch gab er nicht auf, noch hatte Bruno Hoffnung.

Doch auch Rodewalk konnte nichts für ihn tun.

«Sie sehen's ja selbst», sagte er zwischen zwei Kunden, «ich kann hier nicht weg aus dem Laden, das Geschäft brummt. Sehen Sie ja. Nur samstags ist noch mehr los, da kaufen die Schwarzarbeiter das Material fürs Wochenende ein. Aber auch jetzt ... Sie sehen ja, ich kann hier auf keinen Fall weg.»

«Und Montag? Wie wär's mit Montag?», fragte Bruno verzweifelt.

Aber Rodewalk schürzte bloß die Lippen und schüttelte bedächtig den Kopf. «Erst muss sowieso das Dach dicht sein.»

«Aber der Zimmermann hat mir gesagt ...»

Rodewalk winkte ab. «Ja, ja, kann ich mir denken, was der gesagt hat. Einer schiebt's immer auf den anderen. Kenn ich, kenn ich alles.»

Bruno saß auf einem Stuhl neben dem Verkaufstresen. Neben ihm stand eine Kaffeetasse. Er ließ seinen Kopf sinken und schlug erschöpft die Hände vors Gesicht. «Aber bis zum Richtfest ging's doch so zügig», stöhnte er ratlos.

Rodewalk schenkte ihm Kaffee nach und lächelte. «Ja, ja. So ist das immer. Danach war ja auch die erste große Zahlung fällig. Aber dann ... na ja.» Er machte eine vage Handbewegung, die alles Mögliche bedeuten konnte.

Die Ladenglocke klingelte. Ein neuer Kunde kam herein.

Ein paar Tage später gelang es Bruno, Knauster und Wumme auf einer Großbaustelle aufzutreiben. Er schwankte zwischen Wut und Erleichterung.

«Sie bauen mit Wumme?», hatte ein Fahrer ihn gerade erst kürzlich gefragt, als er Bretter auf Semmelings Baustelle anlieferte. «Ach du dickes Ei!»

Bruno hatte wissen wollen, wieso.

Aber der Fahrer hatte nur gegrinst. «Das werden Sie schon noch sehen!» Dann hatte er Bruno ein Paar Handschuhe zugeworfen, und die beiden Männer hatten die Bretter abgeladen.

Inzwischen war der Bretterstapel deutlich geschrumpft, aber Bruno machte sich nicht die Mühe, Menges von der Kripo anzurufen. Das war schließlich nicht seine Aufgabe.

Knauster stand auf der Großbaustelle und kaute auf seinem kalten Zigarrenstummel herum. «Müssen'S mit'm Chef spreche», sagte er zu Bruno. Er deutete in Wummes Richtung.

Bruno setzte sich in Bewegung. Langsam begann er zu ahnen, warum es ein «dickes Ei» war, mit Wumme zu bauen. Der zog den Rohbau hoch, kassierte ab – und das war's.

Aber nicht mit mir, dachte Bruno entschlossen. Das würde er sich nicht bieten lassen!

«Bis September allemal, Herr Semmeling», beschwichtigte Wumme seinen Auftraggeber, kaum dass der angefangen hatte, auf ihn einzureden. «Aber Sie müssen auch uns verstehen. Das hier hat Vorrang, davon leben wir. So 'nen Auftrag wie Ihren Bau, den kann ich mal zwischenschieben, aber der deckt nicht mal meine Unkosten, glauben Sie mir.»

«Dann versteh ich nicht», hielt Bruno dagegen, «warum Sie ihn überhaupt angenommen haben!» Wenn Wumme nicht richtig kalkulierte, war das schließlich nicht *sein* Problem ... oder?!

«Na, sehen Sie, Herr Semmeling – wenn von meinen Leuten alle da wären, würden wir's ja auch gut schaffen. Aber machen Sie sich mal keine Sorgen! Nächste Woche ist die Kolonne vom Knauster wieder frei. Ich versprech's Ihnen ...»

Bruno hörte schon gar nicht mehr richtig zu. Wumme hatte schon so viel versprochen.

Auch Herr Bertold sah das so. «Ja, ja», sagte er, als Bruno auf dem Baugrundstück mal nach dem Rechten sah und Bertold zufällig auch gerade vorbeischaute, «die nehmen jeden Auftrag an, und dann lassen sie die Bauherren hängen, weil sie total überlastet sind.» Der Bretterstapel schien schon wieder kleiner geworden zu sein. Bertold nahm einen tiefen Zug aus seiner Pfeife und sah Bruno mitleidig an. «Deswegen heuer *ich* mir die eben schwarz an, die Handwerker. Da wird am Wochenende kräftig in die Hände gespuckt.»

Bruno nickte bloß.

Bestes Bauwetter und weit und breit kein Handwerker.

Er verabschiedete sich von Herrn Bertold, stieg wieder in seinen alten Ford und fuhr davon.

15. Juli 1971

Die Handwerker sind bisher noch nicht wieder aufgetaucht. Bruno fährt jeden Tag raus zum Bau. Am Anfang bin ich auch noch mit, um aufzuräumen und nach dem Rechten zu sehen. Aber jetzt ... was soll ich da?

Wumme hat gesagt, nächste Woche geht's weiter. Aber das hat er schon so oft gesagt.

Frau Hagen von unten war heute schon wieder da. Sie ist mit dem 15. einverstanden. Ihre Schwester hat schon gekündigt.

Am 15. September müssen wir umziehen, spätestens!

Bruno hat der Frau Hagen und dem Hausbesitzer gegenüber so getan, als wäre das auch gar kein Problem. Aber wenn die unser Haus nicht fertig bauen – was dann? Ich mag gar nicht daran denken!

Doch plötzlich war auf dem Bau die Hölle los.

Als Bruno und Trudchen den kleinen Feldweg entlangfuhren,

trauten sie ihren Augen kaum. Auf der Baustelle wimmelte es von Handwerkern.

Vom Bau klang Knausters Stimme herüber: «Ali, spann mal ’n Seil! Und dass mir da keiner drüberlatscht!»

Bruno und Trudchen gingen staunend auf ihr Haus zu.

Frau Hassert, die von ihrem Bau, der inzwischen zu drei Vierteln fertig war, aber gottverlassen dalag, neidisch herüberschaute, bemerkte keiner der beiden.

Sie fanden Knauster hinterm Haus. Er überwachte das Schütten der Terrasse.

Ali spannte ein Absperrseil, damit niemand versehentlich auf den frischen Beton trat.

Ein Schlosser kam aus dem Haus und stolperte über Alis Eimer, den der Stift irgendwo abgestellt hatte, als er zum Seilspannen abkommandiert worden war. «Musste deinen dämlichen Eimer grade hier in’n Eingang packen?», polterte der Schlosser los.

«Machen Sie doch die Augen auf!», konterte der Stift.

«Wenn du mir dumm kommen willst …!», drohte der Schlosser.

«Ihnen gerne!» Ali wurde immer dreister.

Der Schlosser grummelte: «Scheißrübe!», gab dem Eimer einen Tritt und ging davon.

Stumm vor Ehrfurcht betraten Bruno und Trudchen das Haus. Sie wollten auf keinen Fall stören. Die Arbeit sollte einfach nur zügig vorangehen, mehr verlangten sie ja gar nicht. Trudchen tastete glücklich und erleichtert nach Brunos Hand und drückte sie ganz fest. Die beiden blieben im künftigen Wohnzimmer stehen. Ein Tischlergeselle vermaß gerade die Fenster. «Ja, ja, dat löpt sich allens torecht», murmelte er in Richtung auf die Bauherren. «Oktober sind Se drin!» Zuversichtlich strahlte er Bruno und Trudchen an.

«Nein, nein!», korrigierte Bruno erschrocken. «Ursprünglich wollten wir ja schon im August einziehen, aber jetzt soll es doch Mitte September werden …»

Der Tischlergeselle zog zweifelnd die Augenbrauen hoch, aber Bruno ließ sich seinen Optimismus nicht nehmen. «Der Herr Wumme hat auch gesagt ...»

In diesem Augenblick kam der Schlosser und unterbrach ihn: «Herr Semmeling! Die Garage ist nicht fertig, und ich hab das Tor mit.»

Bruno sah sich ratlos um. «Ja, in letzter Zeit war niemand hier. Vielleicht sollten Sie das mal mit dem Herrn Knauster besprechen.»

Aus einem Kellerfenster war die wütende Stimme des Klempners zu hören: «Knauster! Der hat hier alles zumauern lassen, wo wir mit unseren Rohren durchmüssen!»

Gleichzeitig sagte der Schlosser zu Semmeling: «Machen Sie denen mal Dampf! Das Tor nimmt mir doch bloß Platz weg.» Dann zog er unverrichteter Dinge wieder ab.

Trotz des großen Durcheinanders ließen die Semmelings sich nicht die gute Laune verderben. Endlich ging es weiter, endlich wurde wieder gebaut! Das war alles, was zählte! Der Rest, die kleinen Schwierigkeiten – *dat löpt sich allens torecht*, wie der Tischlergeselle so schön gesagt hatte.

Im Keller trat Knauster neben den Klempner. «Ja, des macht nix. Des stemme mer wieder auf», sagte er und kaute auf seinem Zigarrenstummel. Dann rief er laut: «Budke!»

Auch Bruno und Trudchen kamen nun in den Keller und trafen dort den Polier Gerhard – vor der gemauerten Ecke, die schon längst aus den Bauplänen gestrichen war.

«Herr Gerhard», stöhnte Trudchen ungehalten, «die Ecke ist ja immer noch da!»

«Na, also stören tut die nicht!»

«Aber, Herr Gerhard! Wir haben Ihnen doch mehrfach gesagt, dass die wegfällt, oder etwa nicht?» Trudchen konnte kaum glauben, wie dickfellig diese Handwerker sein konnten.

«Doch, doch», murmelte Gerhard. «Sie hätten's halt mit mehr Nachdruck sagen müssen.»

‹Wenn die wüsste, dass es nur bei ihr hier weitergeht, weil Wumme in der Siedlung Leerlauf hat. Soll sich doch freuen›, dachte Gerhard.

Die Bauherrin warf ihm einen letzten zornigen Blick zu und ging dann mit ihrem Mann in den nächsten Kellerraum.

Dort begann Budke gerade damit, den Anweisungen des Klempners gemäß Löcher zu stemmen.

Gerhard rief: «Budke, wenn du da fertig bist, kannste hier gleich mit der Ecke weitermachen!»

Im Obergeschoss nahm Bruno seine Frau beiseite. «Bitte, Trudchen», sagte er leise. «Wegen der Kellerecke werden wir doch jetzt keinen Krach machen!»

Trudchen schaute ihn ärgerlich an. Manchmal fand sie, Bruno könnte ruhig energischer auftreten.

Plötzlich hörten sie von draußen aufgeregte Rufe.

«Weg da, weg!», bellte Knauster, und Ali stimmte mit ein: «Hau ab, du Vieh!»

Bruno und Trudchen eilten auf die Öffnung zu, wo später die Terrassentür eingesetzt werden sollte. Ihre Augen weiteten sich vor Entsetzen: Da lief ein Dackel über ihre frisch geschüttete Terrasse!

Wahrscheinlich gehörte das Tier einem Spaziergänger, der es von der Leine gelassen hatte.

Wie auch immer: Der verschreckte Hund hinterließ tiefe Pfotenabdrücke im weichen Beton!

Knauster schrie das Tier von der einen Seite aus an, Ali wedelte auf der anderen mit den Armen, um es zu verscheuchen. Bruno und Trudchen versuchten ebenfalls, den Hund von der Terrasse zu jagen, bevor der Beton endgültig hinüber war.

Der Dackel kläffte laut und lief immer im Kreis herum.

Trudchen zog ihre helle Jacke aus und versuchte das Tier damit wegzuscheuchen.

Zwischen den Pfotenabdrücken hinterließ der dünne Dackelschwanz eine schmale Schleifspur im Beton.

TEIL III

Die Inneneinrichtung

Jedes Mal war es mehr. Bruno nahm sich die Zahlen immer wieder vor, und jedes Mal fielen ihm zusätzliche Kosten ein.

Immerhin: Der Bau schritt zügig voran. Immer noch herrschte bestes Bauwetter, und weil Wumme an seinem Siedlungsprojekt nicht weiterarbeiten konnte, stellte er seine Männer für Brunos Hausbau ab.

Bruno stand staunend vor dem Bau und beobachtete mit Michels das scheinbar mühelose Ballett der Handwerker. Bruno hatte einen Kasten Bier für die Handwerker mitgebracht.

Aber es lief nicht alles so reibungslos, wie es sollte.

«Die verlorene Zeit stell ich Ihnen in Rechnung!», beschwerte sich der Elektriker Rodewalk bei Michels.

«Hätten Sie sich doch rechtzeitig informieren können!», hielt der Architekt dagegen.

Rodewalk zeigte verärgert auf Knauster. «Die ham doch extra angerufen ...!»

Nun mischte sich auch Knauster ein: «Ja, weil nächste Woch der Putzer rein soll!»

Knauster zeigte auf einen der Zimmermänner und sagte zu Michels: «*Die* ham gesagt, des Dach is dicht!»

Rodewalk zuckte mit den Achseln und packte seine Sachen zusammen. «*Ihnen* brauch ich ja wohl nicht zu erklären, dass ich vorher nichts machen kann», sagte er zu Michels.

Einer der Zimmermänner hatte zugehört und warf nun mürrisch ein: «Donnerstag!»

Das aber passte nun wieder Rodewalk nicht. «Vor Montag ist bei mir nichts mehr drin.» Er schaute Bruno entschuldigend an. Mit diesem schüchternen, schmächtigen Bauherrn, der nie laut wurde oder den großen Max markierte, hatte er Mitleid. So konnte das doch nichts werden! «Das müssen Sie verstehen», fügte er deshalb hinzu. «Wenn die das nicht besser koordinieren ...»

Michels drehte sich plötzlich weg. Er hatte den Glaser kommen sehen. «Moment!», rief er. «Seht zu, dass die Scheiben bald reinkommen, wir müssen heizen!»

Der Glaser nickte.

Bruno sagte hoffnungsvoll zu Rodewalk: «Sie lassen mich doch jetzt nicht im Stich, Herr Rodewalk, gerade Sie! Ich bin doch so froh, dass jetzt hier überhaupt mal ...» Mit einer weit ausholenden Handbewegung schloss er alle Bauarbeiten ein, die nun endlich stattfanden.

«Also gut, ich werd Freitag mal sehen», grummelte Rodewalk. «Aber wenn wir bis Montag durchkommen wollen, gibt das Überstunden, da muss ich meinen Gesellen was drauflegen.»

Eifrig versicherte Bruno: «Ja, gut, das übernehme ich.»

Hauptsache, dachte er, es geht voran.

Michels schaute ihn an und runzelte die Stirn. Der Semmeling, dachte er, kommt nie hin mit dem Geld, wenn er's weiter so zum Fenster rausschmeißt. Er machte sich Sorgen. Nicht unbedingt aus Mitgefühl. Aber wenn der Bauherr pleite war, konnte auch er sein Geld in den Wind schreiben.

Rodewalk nickte Bruno freundlich zu, packte seinen Elektrikerkoffer und zog unverrichteter Dinge von dannen.

«Geht aber gut voran, was?», sagte Michels zu Bruno.

«Na, Gott sei Dank!», seufzte der Bauherr.

Der Tischlergeselle, der immer noch an den Fenstern herummaß, ging an ihnen vorbei. Gut gelaunt und ungefragt verkündete er wieder: «Dat löpt sich allens torecht. Oktober sind Se drin!»

Bruno wollte ihn wieder korrigieren, aber Michels legte ihm beruhigend die rechte Hand auf die Schulter und deutete mit der anderen auf die Fenster. «Passen Sie auf! Die setzen schon die Fensterrahmen ein. Wenn die Putzer kommen, müssen Sie das vorher abdecken. Die schmeißen mit ihrem Mörtel rum, und nachher geht das nicht mehr aus dem Holz raus.»

«Ja, gut.» Bruno nickte. «Das muss meine Frau dann machen …»

Neben ihm tauchte ein Teppichvertreter auf. Ach ja, herrje! Mit dem hatte er ja selbst einen Termin vereinbart!

Michels klopfte Bruno noch einmal auf die Schulter, nickte ihm zu, sagte «Bis dann!» und ging.

«Hier, schauen Sie sich *den* mal an, Herr Semmeling», sagte der Teppichvertreter und hielt ihm sein Musterbuch vors Gesicht.

Bruno sah dem Architekten nach, dann schaute er auf das Teppichstückchen. Er fuhr mit den Fingern darüber. «Ja, der ist schön», sagte er. Dann schaute er verstohlen auf die Uhr.

«Synthetik», pries der Vertreter seine Ware an, «Quadratmeter 58 Mark.»

Bruno starrte ihn entgeistert an. Das war der Vertreter jedoch gewohnt, und so setzte er routiniert nach: «Meine Stärke, Herr Semmeling, ist nicht, billig zu sein, sondern gut und zuverlässig.»

Bruno nickte und schaute wieder auf die Uhr. «Lieber Himmel!», stöhnte er plötzlich. «Ich muss ins Büro. Wissen Sie, mir wäre lieber, wenn das meine Frau entscheidet.»

«Aber selbstverständlich!» Der Vertreter nickte. Großartig, dachte er, die Frauen nehmen immer den schönsten, den besten, den teuersten. Sie müssen schließlich damit leben – aber ihn nicht bezahlen!

Bruno verabschiedete sich eilig. Die Betriebsferien waren vorbei, und mit der Geduld seiner Vorgesetzten stand es nicht mehr zum Besten. Gestern war Schweizer zu Rasche und ihm gekommen und hatte gesagt: «Ich muss mich auch wirklich darauf verlassen können, dass Sie das rechtzeitig schaffen, meine Herren!»

Rasche hatte versprochen: «Wenn die uns die genauen Daten rechtzeitig hochgeben …», aber Schweizer hatte das nicht gelten lassen. «Ja, ja, immer die anderen! Diesmal liegt der schwarze Peter bei Ihnen, aber eindeutig. Sie lassen das hier zu lange rumliegen, und ich muss mir vorwerfen lassen, dass unsere Abteilung die Ablieferung vertrödelt. Also, diesmal rechtzeitig, ja?»

Und dann hatte er mit einem scharfen Blick auf Bruno hinzugefügt: «Und wenn sogar unsere Bauherren ausnahmsweise mitarbeiten, kann uns doch gar nichts mehr verfrieren!»

Schweizer hatte gelächelt, als er das sagte, aber Bruno hatte trotzdem verstanden. Und er konnte es sich jetzt nicht leisten, seinen Arbeitgeber zu verärgern.

Aber Bruno hatte noch keine drei Schritte auf sein Auto zugetan, da hielt der Glaser ihn auf. «Sind alles Sonderanfertigungen, Herr Semmeling», sagte er, «keine Normmaße. Das dauert entsprechend, und billig wird es auch nicht.»

Bruno zuckte nur mit den Achseln.

Der Glaser sah ihm nach. Er erlebte das nicht zum ersten Mal. Die Leute dachten einfach nicht genügend über ihre Baumaße nach.

6. August 1971

Ich weiß gar nicht, wo mir der Kopf steht! Heute Nachmittag waren Frau Hagen und ihr Mann, der Vermieter und ein Zaun-Vertreter hier.

Frau Hagen hat schon mal ausgemessen. Sie will jetzt doch selber in unsere Wohnung einziehen, und ihre Schwester nimmt die Wohnung unten.

Sie sagt, zwischen dem 15. September und 1. Oktober müssen wir aber auch wirklich ausziehen. Als ob wir absichtlich länger blieben! Das kostet schließlich unser Geld! Außerdem können wir ja nichts dafür, dass der Bau so langsam vorangeht!

Die Auslegeware soll drinbleiben, finde ich. Wenn wir die rausreißen, ist sie sowieso nichts mehr wert. Wir haben damals ja auch gute Ware genommen. Ich muss nachsehen, was wir dafür bezahlt haben.

Die Frau Hagen weiß natürlich auch, dass wir mit dem Teppichboden nichts anfangen können, aber umsonst kriegt sie ihn trotzdem nicht. Was Recht ist, muss Recht bleiben. Eher reiß ich ihn raus.

Der Vermieter sagt, bevor die Hagens einziehen können, müssen noch die Maler in die Wohnung. Die Tapete sei verschmutzt, und in den Wänden wären Löcher von Nägeln. Dabei haben wir doch erst vor drei Jahren alles neu machen lassen!

Bruno ist ganz verzweifelt. Daran hatte er gar nicht gedacht, dass da noch diese Kosten auf uns zukommen.

Den Einbauschrank in Kays Zimmer wollen wir auch drinlassen. Der Vermieter sagt, dafür hätten wir sowieso seine Genehmigung einholen müssen. Frau Hagen weiß aber noch gar nicht, ob sie ihn will. Jedenfalls will sie nichts dafür bezahlen.

Dabei hat der Vermieter ihr sogar extra angeboten, den Mietvertrag ohne Makler zu machen, ich hab's genau gehört. Nur Kaution muss sie zahlen, das ist alles. Da muss ihr doch noch genug für den Schrank und die Auslegeware bleiben!

Mittendrin kam dann auch noch der Vertreter mit den Zaunfotos. Maschendrahtzaun oder Jägerzaun, wollte er wissen. Der Jägerzaun ist deutlich teurer, aber natürlich auch was Besonderes. Und Maschendraht – wie sieht denn das aus? Als ob's für einen richtigen Zaun nicht gereicht hätte! Nee, so möchte ich nicht wohnen.

Der Vertreter meint auch, der Zaun sei für ein Haus das, was der Rahmen für ein Bild ist.

Eigentlich wäre mir lieber gewesen, wenn Bruno das mitentschieden hätte. Aber der hat sowieso so viel im Kopf. Ich mache mir richtig Sorgen um ihn. Wenn der mir bloß nicht krank wird – das fehlte uns noch!

Ich glaube, für Kay haben wir im Moment beide zu wenig Zeit. Ich hoffe nur, er macht keine Dummheiten.

Bruno schläft schon. Er hat heute wieder den ganzen Abend gerechnet. Damit macht er mich ganz fusselig. Dabei hat er natürlich Recht – einer muss ja den Überblick behalten.

Bruno telefonierte. Zumindest versuchte er es. Entnervt legte er wieder auf. «Meldet sich keiner», seufzte er.

«Den *musst* du erreichen», hatte Trudchen ihm eingeschärft, bevor er zur Arbeit ging. «Die können nicht weiterarbeiten, solange das Dach nicht dicht ist.»

Bruno stützte den Kopf in die Hände.

Knauster hatte ihn am Vormittag angerufen. «Der Zimmermann is net da. Machen'S dem mal Feuer unterm Arsch», hatte er gefordert.

Bruno wusste, dass er keine Privatgespräche aus der Firma führen durfte. Aber was blieb ihm anderes übrig? Wieder einmal duckte er sich in die Ecke, in der der Hausapparat hing, und ließ sich ein Amt geben. Aber der Zimmermann war einfach nicht zu erreichen.

Abends blätterte er durch die Rechnungen, die Trudchen ihm hingelegt hatte – und erstarrte!

«Die Lampe mit so geschwungenen Armen, die habe ich gleich gekauft», plapperte Trudchen, die im Nebenzimmer am Nähtisch saß. «Süß, sage ich dir! Und dazu diese grünen Übergardinen. Das passt sehr schön zu der beigefarbenen Auslegeware. Ach, Bruno ... jetzt freu ich mich richtig auf das Haus!»

Bruno hörte ihre fröhliche Stimme kaum. Er starrte auf die Rechnungen. Er konnte kaum glauben, was er da las. Mit steifen Gliedern erhob er sich und wankte zu Trudchen hinüber.

«Sag mal, ist das dein Ernst?», fragte er mit erstickter Stimme und hielt ihr zitternd die Rechnungen hin.

«Wieso?», fragte Trudchen mit Unschuldsmiene zurück.

Der Traum vom Eigenheim wird endlich wahr. Bis es aber so weit ist, müssen die Eheleute Semmeling *(Fritz Lichtenhahn* und *Antje Hagen)* viele Hürden nehmen.

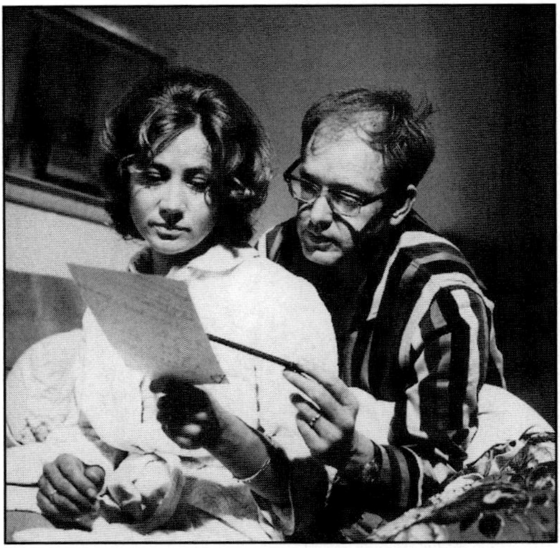

Der Finanzierungsplan für das Haus bereitet den Semmelings schlaflose Nächte.

Der Sachbearbeiter der Bausparkasse *(Franz Rudnick)* hat immer eine Lösung parat.

Die Probleme beginnen bereits bei der Architektensuche. Herr Masch *(Hans Korte)* erweist sich als kompetent und zuverlässig – er wird den Bau des Semmeling-Hauses allerdings nicht überleben.

Mit dem Polier Knauster *(Uwe Dallmeier)* diskutiert Frau Semmeling die Koordination der Handwerker.

Bauunternehmer Wumme (*Günter Strack)* und sein Kollege *(Gerhard Hartig,* links*)* haben wenig Verständnis für Frau Semmelings Sorgen.

Mit der Grundsteinlegung beginnt der Kampf um Termine und steigende Kosten.

Frau Semmeling macht sich nützlich und wird dabei vom Tischler *(Edgar Bessen)* belächelt.

Familie Semmeling lädt ein zum Richtfest, nicht ahnend, dass die Handwerker sie danach erst mal sitzen lassen.

Endlich ist es so weit: Glücklich, aber hoch verschuldet können die Semmelings ihr Haus beziehen. Frau Hassert *(Dagmar Berghoff)* freut sich auf ihre neuen Nachbarn.

Da die Lieferung der Kellerfenster auf sich warten lässt, regnet es munter hinein. Aber auch das lässt den geduldigen Hausherrn nicht verzagen.

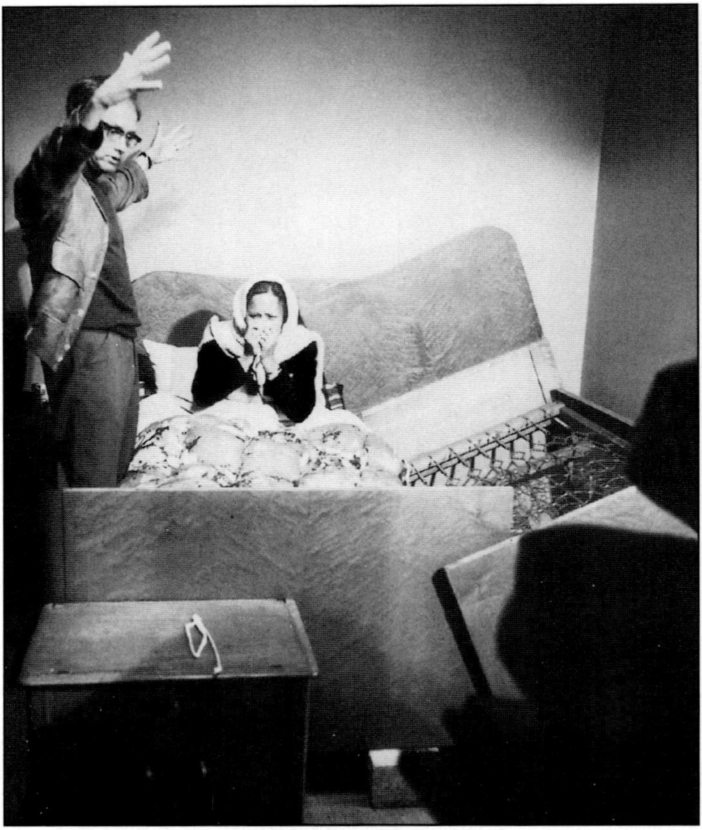

Die Semmelings haben ein eigenes Dach über dem Kopf, aber das Ehebett hat den Transport nicht überstanden. Werden die Probleme je ein Ende finden?

In diesem Augenblick kam Kay herein und hielt seinen Eltern das Aufgabenheft hin. «Mama, Papa, könnt ihr mal gucken?», fragte er.

Bruno schüttelte nur unwirsch den Kopf. «Jetzt nicht», murmelte er und bedeutete Kay mit einer Handbewegung, wieder auf sein Zimmer zu gehen. «Später.»

Kay hatte ein ausgezeichnetes Gefühl dafür entwickelt, wann er seine Eltern am meisten störte – und somit seine Chancen erhöhte, wieder einmal ungeschoren davonzukommen. Grinsend marschierte er in sein Zimmer zurück und schob das Heft mit den nur zur Hälfte erledigten und zudem noch hingeschluderten Aufgaben in seinen Schulranzen. Heute Abend würde sie sich bestimmt niemand mehr anschauen. Ihm sollte es recht sein.

«Das sind *fünfhundert* Mark mehr, als wir vereinbart hatten!», sagte Bruno vorwurfsvoll.

Trudchen schaute immer noch, als wäre gar nichts geschehen. «Bruno, Vorhänge und Lampen sind nun mal sehr wichtig!»

«Aber ich muss sie bezahlen!»

«Dann komm doch das nächste Mal selbst mit!» Sie war eingeschnappt. Wenn er meinte, alles besser zu können und zu wissen, sollte er doch sehen, wo er ganz billig eine schöne Lampe bekam. Sollte er doch selbst versuchen, schöne Vorhänge zu kaufen, ohne dabei diese dumme Kalkulation zu überschreiten!

Außerdem: *Er* musste ja nicht den ganzen Tag mit den Sachen wohnen!

«Ich habe dann und wann auch noch eine kleine Nebenbeschäftigung!», giftete Bruno zurück. Aber ihm war bewusst, dass er nichts mehr ausrichten konnte.

Er ging zurück zum Schreibtisch, heftete die Rechnungen ab und korrigierte – wieder einmal – seine Kalkulation.

9. August 1971

Bruno geht mit mir einkaufen. Darauf freue ich mich schon! Dabei hatten wir eigentlich beinahe Streit deswegen, weil

Bruno sagt, die Sachen, die ich gekauft habe, sind zu teuer. Dabei hat er sie sich nicht einmal angeschaut!

Ich habe gesagt, dann soll er doch nächstes Mal selber mitkommen, und das macht er nun auch!

Das Einkaufen macht mir richtig Spaß. Es ist schön, sich vorzustellen, wie unser Haus einmal aussehen wird – ich freue mich jetzt schon darauf.

Obwohl: Ständig überlege ich, passt das nun auch zusammen. Eigentlich müsste man viel mehr Zeit für diese Sachen haben. Aus Angst, fürs ganze Leben eine falsche Entscheidung zu treffen, nehme ich oft das Teuerste.

Der Teppichvertreter hat mir gezeigt, welche Auslegeware Bruno gefallen hat. Synthetik, sehr strapazierfähig.

Ganz schön teuer, aber wirklich eine sehr gute Wahl. Und wenn's Bruno doch auch gefallen hat!

Samstag wollen wir zusammen einkaufen gehen. Da müssen wir früh aufstehen, weil es in der Stadt ja immer so voll ist. Und wir brauchen doch noch so viel. Eigentlich brauchen wir fast alles neu, weil das neue Haus ja viel geräumiger wird als unsere kleine Wohnung. Unsere Möbel passen da gar nicht richtig.

Lieber jetzt gleich das Richtige kaufen.

Eine Küche müssen wir auch noch aussuchen. Da wird Bruno bestimmt wieder sparen wollen, er muss ja nicht drin kochen!

Die Terrasse ist jetzt in Ordnung. Knauster hat sie nochmal neu schütten lassen, wegen der Dackelspuren. So was Blödes! Jedenfalls ist sie jetzt fertig. Mir gefällt sie. Im Sommer können wir da dann frühstücken. Wir haben schon Sonne, bevor Bruno in die Firma muss.

Bruno war erstaunt über den Ideenreichtum seiner Frau. Wenn es ums Einrichten ging, ums Einkaufen, schien Trudchen schier überzusprudeln. Sie machte einen Vorschlag nach dem anderen, zeigte ihm dies, zeigte ihm das. Zog ihn in dieses Kaufhaus und schleppte ihn in jenen Laden.

Und Bruno musste – wenn auch widerstrebend – zugeben, dass ihre Ideen schön waren; manchmal sogar vernünftig.

Man baute schließlich nur einmal im Leben.

Beim Küchenausstatter trafen sie ihre zukünftigen Nachbarn, die ebenfalls gerade eine Küche aussuchten. Bruno betrachtete das als einen netten Zufall und grüßte freundlich. Die Nachbarin lächelte strahlend zurück, ihr Mann nickte verkniffen. Bruno konnte ihn verstehen: *Dessen* Frau wollte bestimmt auch immer das Teuerste, und er sollte zahlen.

Trudchen wandte sich wortlos ab. Sie hatte noch nicht vergessen – und schon gar nicht verziehen –, was diese Leute ihnen angetan hatten! Und dann die Sache mit dem Mutterboden – wie diese falsche Schlange Bruno da schöne Augen gemacht hatte!

«Komm», sagte sie und packte Bruno energisch am Arm, «wir sehen uns nochmal woanders um.» Bruno zog erstaunt die Augenbrauen hoch.

Er nickte den Nachbarn zum Abschied zu. Die Nachbarin lächelte zurück. Trudchen riss ihren Mann regelrecht fort. Bruno hörte sich alles an, ab und zu zog er das Portemonnaie aus der Tasche und legte ein paar Scheine hin oder schrieb einen Scheck aus.

Der Lampenverkäufer beugte sich zu dem älteren Kundenpaar hinüber, das am Nebentisch stand. «Darf ich mal?», fragte er und nahm dem Mann einen Leuchter aus der Hand. «Sehen Sie», sagte der Verkäufer zu Bruno und seiner Frau und zeigte ihnen den Leuchter. «Schauen Sie sich den mal an. Ist doch gar kein Vergleich. So was können Sie vielleicht in eine Sozialwohnung hängen, aber doch nicht in Ihr neues Haus!»

Der Verkäufer schaltete sein Lächeln wieder an und reichte den älteren Leuten den Leuchter zurück. «Danke sehr!»

Er schaute Trudchen und Bruno an. Bruno fand seinen Blick etwas stechend. «Qualität hat natürlich ihren Preis», betonte er.

Trudchen betrachtete verträumt einen aufwendigen Kronleuchter. Dann schürzte sie die Lippen und sah Bruno bittend an. Sie legte den Kopf ein wenig zur Seite.

«Aber», murmelte Bruno schwach, «der ist doch viel zu teuer.»

Trudchen senkte traurig den Blick, und Bruno zückte seine Brieftasche.

«Schau mal», sagte Bruno und zeigte auf die Couchgarnitur im Schaufenster eines Möbelgeschäfts. «Wie findest du denn die?»

Hinter der Scheibe waren Schaumstoffdreiecke, die mit verschiedenfarbigem Stoff bezogen waren, zu einem großen Halbrund arrangiert worden. Die Schaumstoffteile boten jeweils eine Lehne und eine Sitzkuhle. Die Garnitur sah sehr modern und sehr teuer aus.

«Die ist schön!», sagte Trudchen. «Komm, wir fragen mal, was die kostet.»

Bruno bereute sofort, dass er seine Frau auf diese Möbel aufmerksam gemacht hatte. Dieses Riesending konnten sie sich doch nie im Leben leisten, nie! Widerwillig schlich er hinter Trudchen her.

«Das ist, äh … ein reines Ausstellungsstück», klärte sie der Verkäufer auf, «aber wenn Sie das *haben* wollen …» Er schaute Bruno fragend an.

Trudchen hatte sich bereits auf einem der Dreieckselemente niedergelassen. Der Verkäufer trat wie zufällig hinter sie und fixierte das Element mit dem linken Fuß, sonst wäre es nämlich nach hinten weggerutscht oder zur Seite gekippt.

Bruno hatte davon nichts bemerkt. Er setzte sich neben seine Frau, und wieder verhinderte der Verkäufer mit dem Fuß ein Unglück.

«Ich denke», fuhr der Verkäufer fort, «da können wir Ihnen sicher einen Sonderpreis machen.» Er kam um die Couch herum und stellte sich neben die Semmelings.

Bruno schaute ihn erwartungsvoll an.

«Für sechshundertachtundneunzig Mark könnten wir Ihnen dieses exklusive Stück anbieten», sagte der Verkäufer.

Bruno sah ihn forsch an. «Sechshundertfünfzig», sagte er, «höchstens!»

Der Verkäufer nickte und zog seinen Bestellblock heraus.

Bruno Semmeling war stolz auf sich.

«Flachspüler oder Tiefspüler?», fragte der Klempner.

«Äh …» Bruno war verwirrt. «Was ist denn da der Unterschied?» Irritiert blätterte er in dem Ausschreibungsangebot.

Der Klempner hatte keine Lust, sich wieder mit einem Bauherrn auf eine Preisdiskussion einzulassen, und verstand Bruno daher absichtlich falsch. «Ja, also … wie soll ich das sagen? Bei dem einen plumpst es, und das andere spült flach weg», sagte er.

«Ich meinte: preislich?», hakte Bruno leise nach.

Der Klempner zuckte mit den Achseln. «Gibt sich nix.»

Trudchen zupfte Bruno am Ärmel. «Schau mal da!», flüsterte sie und zeigte auf ein Waschbecken. «Das ist doch ein Traum!»

«Sechshundertachtzig Mark», sagte der Klempner.

«Was hatten wir denn da in der Ausschreibung?», fragte Bruno.

«Die Serie *Donau*», sagte der Klempner wegwerfend, denn mit dem von Frau Semmeling gewünschten Waschbecken konnte die grundsolide Serie *Donau* natürlich nicht mithalten. «Aber die ist auch teurer geworden.»

«Wieso?», fragte Bruno.

Der Klempner zog die Augenbrauen hoch. «Weil die Ausschreibung fast ein Jahr alt ist. Inzwischen sind die Preise zweimal angehoben worden.» Mit diesen Worten wandte er sich an Trudchen. «Also, Sie wünschen lieber die Ausführung *Pompadour*?», fragte er und leckte schon seinen Bleistift an. In Brunos Richtung, und um jeden Einwand im Keim zu ersticken, fügte er hinzu: «Da frag ich immer die Bauherrin, die hat damit mehr zu tun.»

«Wirklich schön», sagte Trudchen leise. Dann schaute sie ihren Mann bittend an. «Ach, Bruno!»

Der seufzte. «Na ja», sagte er widerwillig. Der Klempner nickte zufrieden und notierte.

Bruno zog einen kleinen Zettel hervor, auf dem «Mehrkosten» stand. Er notierte einige Zahlen und rechnete. Bis jetzt beliefen sich die Mehrkosten für die Inneneinrichtung auf 2370 Mark.

«Sag mal, wollen wir heute Abend nicht mal ins Kino gehen?», fragte Trudchen ihren Mann am Ende des aufreibenden Einkaufstags plötzlich. Die beiden saßen in einem Café in der Hamburger Innenstadt. Trudchen hatte einen Grundriss des Hauses vor sich liegen und schob maßstabsgerechte Papier-Möbelstücke darauf hin und her. Vor jedem der beiden stand eine Tasse Kaffee.

Bruno starrte seine Frau entgeistert an. «Warum?»

«Ach, ich dachte nur ... Wir waren so lange nicht mehr aus ...», sagte Trudchen.

Bruno ging nicht weiter auf Trudchens Vorschlag ein. Er rechnete schon wieder. Jede Woche verschaffte er sich einen finanziellen Überblick. Jedes Mal kam etwas anderes dabei heraus. Und jedes Mal wurde es schlimmer!

Gerade hatte er noch mit dem Zimmermann Henke und dem Elektriker Rodewalk telefoniert.

«Henke sagt, bis übermorgen ist er fertig», sagte Bruno. «Ich hab auch gleich dem Rodewalk Bescheid gegeben.»

Trudchen sah von ihrem Plan auf und sagte: «Hoffentlich sieht's nach was aus!»

«Was?» Bruno war in Gedanken noch bei den Handwerkern.

«Die Couch!» Trudchen tippte auf den Plan. «Ob die ins Wohnzimmer passt?»

«Aber die ist doch sehr schön – und so eine Gelegenheit!», verteidigte Bruno sein Schnäppchen.

«Eben!», entgegnete Trudchen skeptisch.

«Ach was, dass du auch immer gleich misstrauisch wirst, wenn wir *einmal* einen guten Schnitt machen!», hielt Bruno dagegen.

Er winkte den Kellner heran. «Bitte zahlen.»

Mitte August bekam Bruno das zweite Drittel der Finanzierungssumme ausbezahlt.	36700,– DM
Bauunternehmer Wumme schickte eine Abschlagsrechnung.	– 25423,– DM
Zimmermann Henke schickte eine Rechnung.	– 7200,– DM
Der Klempner verlangte sein Geld.	– 3426,– DM
Der Elektriker Rodewalk ebenfalls.	– 890,– DM
Der Schlosser.	– 640,– DM
Der Tischler.	– 725,– DM
Der Glaser	– 400,– DM
und der Heizungsbauer.	– 2300,– DM

Die letzte Rechnung hatte Bruno noch nicht bezahlt. Er konnte sie auch nicht bezahlen.

«Wenn der Elektriker übers Wochenende arbeitet», murmelte er, «kostet das auch wieder mehr.» Er notierte Zahlen, schrieb sie unter- und übereinander, rechnete. «Dann die Reparaturen hier in der Wohnung, die habe ich noch gar nicht mitgerechnet …»

Trudchen sah ihn besorgt an. Sie trat hinter seinen Stuhl und legte ihre Hände beruhigend auf seine Schultern.

«Und wenn …», setzte sie an, «… wenn ich versuche, irgendwas zu arbeiten?»

«Hm. Ja», machte Bruno.

«Es ist nur … der Junge», fuhr Trudchen fort. «Kay bleibt dann den ganzen Tag allein.»

Kay hatte nichts dagegen. Er saß im Nebenzimmer und lauschte der Unterhaltung interessiert. Voller Vorfreude strahlte er über das ganze Gesicht.

Doch sein Vater machte all seine Hoffnungen zunichte. «Nein», sagte Bruno entschlossen, «das kommt überhaupt nicht infrage!» So weit würde es noch kommen!

Der Elektriker hatte tatsächlich übers Wochenende gearbeitet. Und die Überstunden kosteten extra.

«Dreiundfünfzig Mark», sagte Rodewalk.

Bruno zückte sein Scheckheft. «Wenn auf alle so Verlass wäre wie auf Sie …»

«'n Barscheck wäre mir lieber», sagte Rodewalk.

Bruno stellte einen aus und gab ihn dem Elektriker. Dann fragte er vorsichtig: «Haben Sie denn am Wochenende was geschafft?»

Rodewalk schüttelte den Kopf. «Nee», sagte er. «Solange das Dach nicht dicht ist!»

«Ach so», sagte Bruno und schaute sich enttäuscht um. Sie standen vor dem Rohbau in Hansdorf. Tatsächlich: Die Zimmerleute waren noch immer nicht mit dem Dach fertig!

Kay spielte mit einem Eisenrohr. Er stand vor der Hauswand, und einmal schlug er mit dem Rohr versehentlich gegen die Mauer.

«Kay!», mahnte Trudchen. «Pass doch auf!»

«Freitag schau ich mal wieder rein», sagte Rodewalk zum Abschied.

Bruno sah ihm resigniert nach. Hinter seinem Rücken schepperte es erneut – Kay war das Rohr zum zweiten Mal gegen die Hauswand geknallt.

Bruno drehte sich um und war mit drei großen Schritten bei

seinem Sohn. Er holte aus und gab ihm eine Ohrfeige. Empört – und auch ein wenig erschrocken über sich selbst – sagte er zu Trudchen: «Ist doch wahr! Der macht's kaputt, bevor ich's bezahlt habe!»

Kay weinte und hielt sich die Wange. Das Eisenrohr hatte er fallen gelassen. Bruno schaute sich ratlos auf der verlassenen Baustelle um, warf einen letzten Blick hinauf zu dem immer noch undichten Dach und rückte seine Brille gerade. «Wie sollen wir bloß hinkommen?», fragte er sich leise.

Es war der 23. August. In sechsunddreißig Tagen wollten sie umziehen. Mussten sie umziehen.

Herr Wenzel fand das alles nicht so schlimm.

«Die, ich sage mal, ‹Schleuderkurve› vor dem Einzug, Herr Semmeling! Ich möchte fast sagen: Das ist die Regel.»

Verschüchtert saß Bruno vor dem großen Schreibtisch des Mannes, von dem für ihn so ziemlich alles abhing.

«Also», fuhr Wenzel fort, «was wir im Augenblick nicht bezahlen können, muss halt warten. Wir haben ja auch noch nicht die *ganze* Finanzierungssumme. Ist sogar gut, wenn die Handwerker noch nicht in voller Höhe ausgezahlt sind. Dann machen die wenigstens voran!»

Wenzel wirkte aufgeräumt und gut gelaunt wie immer, doch Bruno konnte den Optimismus, den er verströmte, nicht so recht teilen. «Aber *irgendwann* muss ich doch bezahlen», wandte er niedergeschlagen ein.

Wenzel sah das locker. «Ja, ja», meinte er, «nun mal nicht nervös werden!» Dann zog er ein Blatt Papier zu sich heran und rechnete Bruno vor: «Also, vierzehntausend brauchen wir zusätzlich. Dann belasten wir das Grundstück mit einem Darlehen von zunächst einmal vierzehntausend; das ist drin. Sie schließen den dritten Bausparvertrag auf den Namen Ihrer Frau ab. Das muss Ihre Frau übrigens noch unterschreiben.» Auf einem neuen Antragsformular kreuzte er die Stelle an, wo die Unterschrift hin sollte, und schob Bruno das Formular zu. «Den füllen Sie dann zu fünfzig Prozent auf. Gesamtsumme achtundzwanzigtausend Mark. Auf diese Weise setzen Sie Kreditzinsen *und* Provision von der Steuer ab. Sie sparen also zweimal Steuern.»

Bruno nickte ergeben. Beklommen starrte er auf die Zahlenkolonne.

«Ich fürchte eben nur», sagte er, «weil die monatlichen Belastungen ja immer höher werden ... Und wie soll ich mir die vielen Schulden ...?» Verzweifelt schaute er Herrn Wenzel an. Doch der lächelte ihn nur vollkommen unbesorgt an.

«Aber, Herr Semmeling», sagte er, «bei der gegenwärtigen inflationären Tendenz steigern Schulden – vom kaufmännischen Gesichtspunkt aus – nur die Rentabilität unserer Kalkulation!»

Bruno nickte und wurde blass, als Wenzel ihm den neuen Finanzierungsplan zeigte:

1. Hypothek	DM	46000,–	
1. Bausparvertragssumme	DM	40000,–	
2. Bausparvertragssumme	DM	20000,–	(Darlehen 10000,–)
3. Bausparvertragssumme	DM	28000,–	(Darlehen 14000,–)
Arbeitgeberdarlehen	DM	10000,–	
Eigenleistung	DM	7450,–	
	DM	127450,–	

Daraus ergab sich eine monatliche Belastung von 812 Mark und 86 Pfennigen. Ohne Heizung und sonstige Nebenkosten.

«Aber daran sind Sie leider nicht ganz unschuldig», sagte Michels freundlich, als Bruno ihm seine finanziellen Nöte darlegte.

Bruno saß dem Architekten in dessen neuem Büro gegenüber. Aus dem Panoramafenster hatte man einen sensationellen Blick über Hamburg. Bruno jedoch schaute auf seine Hände, die er im Schoß gefaltet hielt.

«Die Preise haben im letzten Jahr angezogen», sagte Michels, «und wenn *Sie* sich obendrein nicht an die Ausschreibung halten …» Vorwurfsvoll tippte er auf die neue Kostenaufstellung, die Bruno ihm vorgelegt hatte. ‹Warum halten sich die Bauherren nie an die Ausschreibung›, dachte Michels. «Allein zweitausendachthundert mehr beim Klempner!», sagte er kopfschüttelnd.

«Ja», sagte Bruno schüchtern, «da hat meine Frau …»

Michels nickte verständnisvoll. «Ja, ja, kann ich mir schon denken», sagte er lächelnd, doch dann wurde er ernst. «Aber Sie müssen einfach mal irgendwann mit der Faust auf den Tisch hauen und sagen. Jetzt ist Schluss!» Er wusste, irgendwann verloren die Leute die Übersicht – und nachher mussten sie sich mit «Jaffa-Möbeln» einrichten. Mit Apfelsinenkisten.

«Ja, ja, das ist mir schon klar», murmelte Bruno bedrückt.

Michels sah ihn skeptisch an und wechselte das Thema. «Ich mach jedenfalls Dampf, damit Sie pünktlich einziehen können! Ist der Putzer schon drin?»

Bruno rieb sich das Kinn. «Ab übermorgen, glaub ich …»

«Gut, gut», sagte Michels, stand auf und kam um seinen Schreibtisch herum auf Bruno zu. Beruhigend klopfte er dem Bauherrn auf die Schulter. «Das ist jetzt die Endrunde, Herr Semmeling, da geht's immer ein bisschen drunter und drüber. Das wird schon alles.»

25. August 1971

Vorgestern war Bruno bei der Bausparkasse und beim Architekten. Wir müssen ein Darlehen auf unser Grundstück aufnehmen, obwohl wir es doch noch gar nicht abbezahlt haben. Und wir schließen einen dritten Bausparvertrag auf meinen Namen ab. Ich habe das alles nicht verstanden, aber unterschrieben habe ich trotzdem. Obwohl ich ein komisches Gefühl dabei habe.

Heute hat Bruno unser Auto gewaschen. Selber. Obwohl er das sonst nie macht. Er hat sich einen Eimer und einen Lappen mitgenommen und wollte den Wagen unten auf der Straße waschen. Aber dann ist er doch weggefahren, damit die Nachbarn nicht alle sehen, dass wir uns nicht mal mehr die Autowaschanlage leisten können. Er ist rausgefahren nach Hansdorf, in den Wald. Zu einem Waldsee. Da hat er dann das Auto gewaschen, sagt er. Er sagt, es wäre ganz schön gewesen da draußen, so mitten in der Natur.

Aber ich glaube, ihn nimmt das alles doch ganz schön mit.

«Was machen Sie denn hier?», fragte der Architekt Michels vollkommen entgeistert, als er den Elektriker Rodewalk auf der Großbaustelle entdeckte. Er war dort mit dem Bauunternehmer Wumme verabredet, um Absprachen für eine neue Ausschreibung zu treffen. «Ich denke, Sie sind beim Semmeling?»

Rodewalk zuckte nur mürrisch mit den Achseln. Langsam war er es leid, immer hin und her geschoben zu werden und nirgends ordentlich seine Arbeit machen zu können. «Da war ich ja auch», sagte er, «aber das Dach ist immer noch nicht dicht. Der Henke lässt uns sitzen.»

Hinter den beiden Männern ragten turmhohe Kräne auf. Der riesige Bauplatz war bereits ausgebaggert. Gewaltige Elektropumpen entfernten stampfend das Grundwasser, das sich in der Baugrube sammelte. Etliche Männer waren dabei, Baumaterial von Lastwagen abzuladen. Überall wurde gearbeitet.

«Geht schon in Ordnung», hörte der Architekt den Bauunternehmer in seiner jovialen Art sagen. «Wir kommen doch immer klar.»

Die Entgegnung des anderen konnte Michels nicht verstehen.

Dann sagte Wumme dröhnend: «Mokt wi! Aber wenn Sie sagen, der ist billiger …»

Der andere Mann nickte und ging. Wumme kam zu Michels herüber und sagte schon von weitem: «Morgen muss der Putzer rein beim Semmeling.»

«Nee», sagte Rodewalk ungehalten, «vorher muss *ich* ja nun mal …»

Wumme wiegte besorgt den Kopf. «Dann kann der Semmeling *dieses* Jahr ja wohl nicht mehr einziehen.»

Michels stöhnte. «Ich bitte Sie: Wie soll der das denn durchstehen?»

Aber Wumme kannte kein Mitleid. «Wenn *ich* pleite bin, gibt mir auch keiner was», sagte er nüchtern. «Übernächste Woche geht's bei der Siedlung weiter. Ihr müsst halt sehen, wie ihr klarkommt.» Er machte eine vage Handbewegung, die alles und nichts bedeuten konnte. Eines bedeutete sie auf jeden Fall: *Was geht's mich an?*

«Klarkommen ist gut!», protestierte Rodewalk. «Soll ich die Leitungen vielleicht *darüber* legen?» Herausfordernd schaute er Wumme an.

«Musste nicht mich fragen», sagte der Bauunternehmer. «Ich weiß nur: In acht Wochen kann der Frost einsetzen, und bis dahin muss ich mit der Siedlung durch sein.» Mit diesen klaren Worten wandte Wumme sich ab und eilte zu seinem Wagen, um zur nächsten Baustelle zu fahren.

Michels und Rodewalk sahen ihm nach. Rodewalk murmelte: «Der Sack, der …!»

«Ich ruf gleich den Henke an», versicherte Michels dem Elektriker. «Wenn Sie dann erst mal *ein* Zimmer fertig machen, kann der Putzer doch da schon anfangen …»

«Ja, ja», murmelte Rodewalk angewidert, «was das wieder abgibt!»

Er hasste diese Art zu arbeiten. Als Kleinunternehmer passte es ihm auch nicht, dass diese knappen Planungen immer zulasten der Qualität gingen. Außerdem, jede Verzögerung bedeutete, dass er auf die Endabrechnung länger warten musste.

Die Zeit läuft davon

Fünf Tage später bequemte sich der Zimmermann Henke tatsächlich auf die Baustelle der Semmelings. Er stieg aus seinem großen Wagen, schob sich lässig einen Zollstock in die Tasche und tat, als wäre alles in Ordnung.

Im Rohbau waren der Polier Gerhard, der Kollege Budke, der Bauleiter Knauster, der Elektriker Rodewalk, ein Tischlergeselle und der Putzer bei der Arbeit. Trudchen sah nach dem Rechten.

Keiner der Anwesenden grüßte Henke. Der Zimmermann kletterte wortlos eine Leiter hinauf und verschwand im Gebälk.

Trudchen beobachtete durch eines der Fenster, dass es ihren zukünftigen Nachbarn auch nicht besser erging. Ganz verzweifelt stand Frau Hassert vor ihrem Haus und debattierte – offensichtlich erfolglos – mit zwei Handwerkern. Sie sah aus, als würde sie gleich anfangen zu weinen. Herr Bertold stand bei ihr und hörte interessiert zu.

Trudchen fuhr fort, die bereits eingesetzten Fensterrahmen mit Folienband abzukleben, damit der Putzer sie nicht ruinierte. Darauf hatte Herr Michels sie extra hingewiesen.

Kaum war sie mit dieser Arbeit fertig, kam auch schon der Bauleiter Knauster auf sie zu. «Sie müsse mal aufschreibe», mümmelte er um seine ewige Zigarre herum, «was fehlt.»

Trudchen zog einen kleinen Block und einen Kugelschreiber hervor.

«Es sin net genug Kaminklinker da», begann Knauster. «Und Ihr Mann soll den Glaser anrufe. Wir müsse durchheize. Hier is alles zu klamm. Und zwei Türzargen fehle ...»

Der Tischlergeselle ging mit seinem ausgeklappten Zollstock

an ihnen vorbei und nickte Trudchen freundlich zu. «Löpt sich allens torecht», sagte er.

Trudchen wusste nicht so recht, was sie von ihm halten sollte. Der Mann wollte nur freundlich sein, aber er war es immer auf eine so eigenartige Weise. Jedenfalls schien er sich nicht vorstellen zu können, dass der Einzugstermin eingehalten werden könnte. Immer noch redete er dauernd von Oktober, frühestens, aber sie mussten doch schon im September einziehen!

Frau Semmeling sah dem Gesellen nach, der fröhlich pfeifend, aber aufreizend langsam seiner Arbeit nachging.

Knauster wollte ihr gerade weiterdiktieren, da ertönte aus dem Nebenraum eine wütende Stimme, und die beiden gingen nachsehen, welchen Ärger es jetzt schon wieder gab.

«Hau ab», brüllte der Putzer, ein großer, grantiger Mann, «wenn du keinen vor die Brust haben willst!»

Budke, sein Gegenüber, sagte aggressiv: «Aber du hast doch vorhin gesagt, du bist fertig!» Rodewalk unterstützte ihn lautstark.

Trudchen und Knauster bot sich ein beängstigendes Bild. Mit hochroten Köpfen standen die drei Männer da, sie sahen aus, als würden sie einander gleich an die Gurgel gehen. Wütend starrten Budke und Rodewalk den Putzer an, der angriffslustig eine Kelle voll Mörtel in der erhobenen Hand hielt.

Knauster versuchte die Streithähne auseinander zu bringen. «Nu mach doch erst mal nebenan», sagte er beruhigend zu Rodewalk und legte dem Elektriker seine Hand auf den Arm.

Rodewalk sah ihn empört an. Dann begann er seine Sachen einzupacken, um sie in den nächsten Raum zu tragen. Im Weggehen schimpfte er vor sich hin: «Wenn das so weitergeht, sind wir hier nächstes Jahr noch zugange.»

Doch der Putzer zeigte sich unversöhnlich. «Halt die Fresse!», rief er dem gutmütigen Rodewalk hinterher. «Du hast doch gewusst, dass ich hier jetzt dran bin.»

Rodewalk drehte sich noch einmal zu ihm um. «Komm mir

bloß nicht so! Ich muss hier auch meine Arbeit machen.» Und mit einem Seitenblick auf Knauster fügte er mürrisch hinzu: «Und anders als ihr Eierköppe. Jawoll! Wenn ich so pfriemeln wollte wie ihr – Mann, da liegt nachher einer da und verdreht nur noch die Augen!» Wütend wandte er sich ab und stapfte ins Nebenzimmer.

Doch schon wurde Trudchen Zeugin einer weiteren Katastrophe: Der Putzer begann die Klebefolien von den Fenstern wieder abzureißen.

«Was machen Sie denn da?», fragte sie bestürzt. «Das soll doch die Rahmen schützen!»

«Rahmen gehören hier nicht rein, eh ich durch bin», brummte der Putzer unfreundlich.

«Ja, aber jetzt sind sie nun mal drin!», hielt Trudchen dagegen. Sie hob die Klebefolien vom Boden auf und versuchte sie wieder an den Rahmen zu befestigen. «Klebt natürlich nicht mehr, nachdem Sie's in den Dreck geworfen haben», sagte sie vorwurfsvoll.

Der Putzer arbeitete ungerührt weiter und klatschte eine Kelle Putz direkt neben den Rahmen. Die Hälfte landete auf dem Holz.

Entsetzt sah Trudchen zu. Sie wusste nicht, was sie noch sagen sollte. Ihr blieb der Mund offen stehen bei so viel Unverschämtheit. Sie sah sich nach Knauster um, aber der war bereits wieder zurück ins Treppenhaus marschiert. Trudchen lief hinter ihm her.

«Das ist vielleicht ein Stiesel», jammerte sie. «Und er arbeitet schlecht. Haben Sie den Verputz im Keller gesehen? Ganz ungleich und viel zu porös! Dabei wollten wir für unseren Hobbyraum im Keller doch einen glatten Strich haben!»

Knauster schaute die Bauherrin ohne jede Gefühlsregung an.

«Wenn *Sie* dem nichts sagen wollen, spreche ich mit Herrn Wumme!», drohte sie.

Knauster griente. «Der sagt dem auch nix», teilte er Trudchen mit. «Was glaube Sie, was der bei uns schon alles verbockt hat?!»

Die Bauherrin sah Knauster ungläubig an. Das durfte doch alles nicht wahr sein. Schließlich war das *ihr* Haus, das hier gebaut wurde! «Und warum sagt dem niemand was?», fragte sie fassungslos.

«Der ist stellvertretender Bürgermeister in Kiesbach», erklärte Knauster geduldig. «Wenn die Gemeinde Aufträge vergibt – und der Wumme hat den geärgert … na ja.» Er zuckte mit den Achseln. Ihm war es ja auch nicht recht, dass dieser übellaunige Idiot hier auf der Baustelle rumpfuschte. Vor allem die Stimmung litt darunter. Seine Leute konnten nicht vernünftig arbeiten, der Rodewalk machte Rabatz – und nun auch noch die Bauherrin. Aber was sollte er machen? So war das Leben nun einmal, das hatte er auf zahllosen Baustellen gelernt – und nicht immer auf die leichte Tour.

«So jedenfalls nehmen wir den Putz nicht ab», sagte Trudchen entschlossen und stemmte die Hände in die Hüften.

In diesem Moment stieg Zimmermann Henke die Treppe herunter.

Knauster grummelte: «Ach, der Herr Weltmeister persönlich!»

Henke ging nicht weiter auf die Spitze des Kollegen ein, sondern wandte sich ausgesucht höflich an Trudchen: «Uns fehlte noch ein Maß für einen Querverstreber. Hab ich eben genommen. Morgen ist das Dach dicht. Können Sie sich drauf verlassen!»

«Allmählich kommen wir wirklich in Zeitbedrängnis, Herr Henke», sagte sie vorsichtig.

Henke machte eine wegwerfende Handbewegung. «Schaffen wir noch gut!», behauptete er. Dann nickte er ihr zu und ging.

Knauster schüttelte zweifelnd den Kopf und ging dann seiner Wege.

Aus dem Nebenraum waren die klatschenden Geräusche zu hören, die der Putzer verursachte. Trudchen zuckte zusammen, lief eilig vors Haus und kehrte mit einem Eimer Wasser und einem Wischlappen zurück.

Als sie begann, die noch feuchten Mörtelspritzer von den Holzrahmen zu entfernen, warf der Putzer ihr einen feindseligen Blick zu. Trudchen beachtete ihn gar nicht.

Auf dem Nachbargrundstück lief Frau Hassert plötzlich weinend aus dem Haus. Die beiden Handwerker sahen ihr ungerührt hinterher. Trudchen empfand nicht allzu viel Mitleid mit ihr.

Herr Bertold war wieder einmal dabei, Material für seinen Eigenbau zu beschaffen. Er stand neben dem Polier Gerhard und packte mit der größten Selbstverständlichkeit einige Eisenverstrebungen in seinen Rucksack.

«Die sind nix», sagte Gerhard, ohne von seiner Arbeit aufzusehen. Er war gerade damit beschäftigt, an der Eingangstür die Fuge zwischen Wand und Türzarge zu füllen.

«Wieso?», fragte Bertold.

«Holz ist besser», meinte Gerhard.

«Ist wahr?» Bertold schaute besorgt in seinen Rucksack. Dann packte er die Eisenteile wieder aus und legte sie zurück.

Bertold marschierte von dannen, diesmal mit leerem Rucksack.

Gerhard war mit sich zufrieden. Was zu weit ging, ging schließlich zu weit.

Kurz darauf steckte Trudchen den Kopf zur Tür heraus. Sie wollte ihren Wassereimer entleeren und starrte entsetzt auf die Wand neben der Tür. «Wo ist denn die Nische?», fragte sie.

«Was für 'n Ding?»

«Die Nische neben der Eingangstür. Da wollte ich doch eine Plastik hinstellen.»

Gerhard ließ seinen Blick über das Mauerwerk schweifen. Keine Nische. Alles vermauert. «Ja, das geht nun man schlecht», stellte er ganz sachlich fest.

«Auf der Nische bestehe ich», sagte Trudchen zornig. «Hier, Herr Gerhard, genau hier!» Sie zeigte ihm, wo sie die Nische hin haben wollte. Dann wandte sie sich erhobenen Hauptes ab und verschwand wieder im Haus.

Gerhard seufzte.

«Die will 'ne Nische», sagte er gereizt zu Knauster, als der wenig später an ihm vorbeikam.

Knauster nickte nur. «Des gibt Kantenzuschlag», war sein einziger Kommentar.

Gerhard griff zum Stemmeisen. ‹Eben. Solange alles bezahlt wird …›, dachte er.

Auch Bruno Semmeling hatte keinen schönen Tag.

Zuerst ging er zur Sparkasse.

«Ich verstehe nicht ganz», sagte der Bankangestellte und schaute seinen Kunden ratlos an.

«Mein Dauerauftrag … die Septembermiete …», stammelte Bruno. «Fünfhundertdreißig Mark.»

Inzwischen hatte der Bankangestellte Brunos Kontostand ermittelt: null. «Sie möchten also überziehen?», fragte er. «Um wie viel denn?»

«Um diesen Betrag», sagte Bruno. Ihm war beinahe übel. Schulden machen! Ein Haus zu finanzieren, das war das eine, da hatte man ja auch etwas dagegenzustellen. Einen Sachwert. Aber einfach so Schulden zu machen, weil das Geld nicht reichte, das war dem stets korrekten Bruno Semmeling schlicht unerträglich. Es war auch das erste Mal in seinem Leben.

«Aber ich bitte Sie, Herr Semmeling!» Der Bankangestellte wirkte fast amüsiert. «Das ist doch gar keine Frage. Bei solchen Beträgen … da brauchen Sie sich doch gar nicht extra herzubemühen. Wir kennen Sie doch!»

Überrascht fragte Bruno: «Das geht also in Ordnung?»

«Aber selbstverständlich», versicherte ihm der Bankangestellte. «Dafür sind wir doch da, Herr Semmeling!»

Bruno war erleichtert. Das war doch gar nicht so schlimm gewesen!

Dennoch hatte Bruno am Mittag in der Kantine keinen rechten Appetit. Er schob das Gemüse auf dem Teller hin und her.

«Ich hab schon gar keine Lust mehr, auf den Bau zu gehen», berichtete er seinem Kollegen Rasche, der ihm gegenübersaß.

«Wem erzählst du das?», meinte Rasche verständnisvoll. «*Wir* wollen seit Juli einziehen, und jetzt heißt es: Das Haus muss austrocknen, in einem klammen Haus geh'n die Möbel kaputt. Meinste, bei mir wird das Hemd nicht immer kürzer? Miete *und* Zinsen ...»

Dennoch wirkte Rasche ganz gelassen. Bruno verstand das nicht.

«Manchmal hängt mir der ganze Bau zum Hals raus!», sagte er mutlos.

«Na ja, was soll's?», meinte Rasche. «Aber dafür hast du nachher was Eigenes, Mensch!»

Doch dieses Argument konnte Bruno nicht mehr recht trösten. Denn was blieb ihm noch, wenn alles schief ging? Eine Bauruine! Mehr nicht. Ab Mitte September hatten sie nicht einmal mehr ein Dach über dem Kopf!

«Wie der Beseler gebaut hat», setzte Rasche zu einer weiteren Ermunterung an, «den kennst du doch, den Beseler?»

Bruno nickte.

«Der ist genauso ins Trudeln geraten», sagte Rasche. «Und heute ist alles wieder in bester Ordnung. Der musste damals sogar sein Baumaterial selbst einkaufen, direkt vom Händler, um zu sparen.»

Bruno schaute überrascht auf. «Kann man das?», fragte er interessiert.

«Wenn du eine Genehmigung hast», bestätigte Rasche. «Und die kriegst du auf jedem Gewerbeamt. Aber die Zeit, Mann, und die Arbeit!» Rasche schüttelte den Kopf. Für ihn wäre das nichts.

«Was für eine Genehmigung?», fragte Bruno.

«Zur Eröffnung einer Baustoffhandlung. Hat die Frau auf ihren Namen gemacht. Er selbst durfte ja nicht, als Angestellter.»

«Und das hat geklappt?», fragte Bruno fasziniert.

Rasche lachte. Da hatte er dem Semmeling ja einen Floh ins Ohr gesetzt! «Ja, ist gar keine schlechte Idee, was?»

Bruno rieb sich nachdenklich das Kinn. Das war vielleicht nicht die Lösung aller Probleme, aber wenigstens ein Anfang.

Trotzdem besserte sich seine Laune nicht wesentlich.

Und am Nachmittag kam dann auch noch Herr Schweizer zu ihm. Sein Chef.

«Das sind die Pläne für die Auslieferung nach Spanien, Herr Semmeling», sagte Schweizer. «Da wäre ich Ihnen dankbar, wenn Sie sich mal drum kümmern würden.»

Bruno hatte bereits die Hand nach den Unterlagen ausgestreckt, da überlegte Schweizer es sich anders. «Ach so, Sie sind ja noch beschäftigt; Sie bauen immer noch, nicht? Nee, dann lassen Sie mal.»

Schweizer sah sich um. Bruno versicherte ihm eifrig: «Nein, nein, ich mache das gern.»

Aber Schweizer lehnte dankend ab und sagte gönnerhaft: «Na, ziehen Sie erst mal ein!»

Dann brachte er die wichtigen Unterlagen dem Kollegen Möbius.

Enttäuscht und verunsichert sah Bruno ihm hinterher.

29. August 1971

Heute war ich den ganzen Tag auf dem Bau.

Manchmal, wenn ich sehe, wie die arbeiten, schlägt mir der Puls bis zum Hals!

Außerdem fehlen noch zwei Türzargen und Kaminklinker.

Und der Estrich kann nicht geschüttet werden, ehe die zwei Zargen drin sind und das Dach dicht ist. Ich hoffe, der Tischler und der Zimmermann lassen uns nicht wieder hängen. Ich habe Bruno gesagt, dass er da unbedingt nochmal anrufen soll.

Und durch das große Fenster, wo der Rahmen schon drin ist, da latschen die auch alle durch. Mit allem, was man sich denken kann, sogar mit der Schubkarre. Ohne Blick, ohne Gefühl. Überall stoßen sie an – das ist wirklich ein Jammer! Da muss Bruno auch mal mit dem Herrn Knauster reden.

Heute Abend war die Frau Hagen da, von unten. Wir haben jetzt vereinbart, dass wir am 29. September ausziehen. Dann hat der Maler zwei Tage Zeit. Das muss eben reichen. Der Umzug ist für sie ja nicht so schlimm, ist ja nur die Treppe hoch.

In weniger als vier Wochen müssen wir ausziehen. Und in unserem Haus ist noch nicht einmal das Dach dicht! Das macht mir schon Angst.

Bruno sagt, das wird schon alles. Aber ich merke doch ganz genau, dass er auch nicht mehr weiter weiß.

Heute hat er wieder den ganzen Abend gerechnet. Er hatte nicht mal Zeit, sich die Hausaufgaben von Kay anzuschauen. Der arme Junge! Für den haben wir im Augenblick wirklich zu wenig Zeit. Aber ich kann es ja auch nicht ändern.

Bruno hatte gar keinen Hunger. Dabei hatte ich extra was Leckeres gekocht. Ich kann schon zuschauen, wie er dünner wird. Dass der Bruno mir jetzt bloß nicht krank wird!

Nach dem Essen hat er mir erzählt, wie der Beseler sich sein Baumaterial besorgt hat. Es ist ein bisschen kompliziert, aber es läuft darauf hinaus, dass ich einen Baustoffhandel eröffnen soll.

Ein folgenreiches Missverständnis

Auf dem Ordnungsamt Hamburg-Mitte stand Trudchen einer mürrischen Beamtin gegenüber und beantragte einen Gewerbeschein für einen Baustoffhandel.

«Groß- oder Einzelhandel?», fragte die Beamtin knapp.

Trudchen wusste es nicht. Das Ganze war Brunos Idee gewesen. Sie hatte von Anfang an nicht viel davon gehalten. Aber er hatte ihr vorgerechnet, welche Vorteile sie davon hätten. Wie viel sie sparen könnten. Mehrfach hatte er es ihr vorgerechnet. Aber über diese Frage hatten sie zu Hause nicht gesprochen.

Für den Geschmack der chronisch überarbeiteten Beamtin zögerte Trudchen Semmeling mit ihrer Antwort zu lange. «Wollen Sie einen Einzelhandel oder einen Großhandel aufmachen?», fragte die Herrin der Stempel noch einmal nach und betonte diesmal jede einzelne Silbe überdeutlich, als spräche sie mit einem lernschwachen Kind.

In der Hoffnung, dass sie nichts falsch machte, sagte Trudchen: «Ja, Einzelhandel.»

«Und das Geschäft wollen *Sie* eröffnen?», fragte die Beamtin.

«Ja», sagte Trudchen, nun schon mit festerer Stimme.

Die Beamtin warf ihr einen misstrauischen Blick zu. «Das hier ausfüllen.» Sie schob der Antragstellerin ein Formblatt über den Tresen. «Und bei der Kasse zahlen Sie 90 Mark ein. Dritter Stock.»

Die Beamtin hatte sich schon beinahe wieder abgewandt, als Trudchen noch fragte: «Wie lange dauert denn das, bis die Genehmigung ...?»

«Drei Wochen», sagte die Beamtin ungeduldig.

«So lange?», fragte Trudchen. «Wie lange würde eine Genehmigung für einen Großhandel dauern?»

«Die können Sie gleich mitnehmen.»

«Und was kostet das?»

«Elf Mark. Aber Sie haben doch gesagt …»

Doch Trudchen schob bereits ihr Formular zurück und erwiderte: «Nein, ich habe es mir überlegt. Ich möchte doch lieber einen Großhandel aufmachen.»

Die Beamtin schüttelte verständnislos den Kopf, nahm das Formular aber entgegen und reichte der Antragstellerin ein anderes.

Trudchen bedankte sich und verließ die Amtsstube.

Sie füllte das Formular ordnungsgemäß aus und ging zur Kasse im dritten Stock. Dort bezahlte sie elf Mark Gebühr und bekam einen amtlichen Stempel auf ihren Gewerbeschein.

«Wünsche guten Geschäftsgang!», sagte der Kassierer noch freundlich.

Trudchen lächelte ihn schüchtern, aber glücklich an. Sie war jetzt Inhaberin und Leiterin eines Baustoffgroßhandels.

Zuerst besorgte Bruno bei Kurtz & Co. die Fliesen. Er musste jede einzelne Kiste selbst in den Kofferraum seines Wagens wuchten, und am Ende ging die Kofferraumhaube nicht mehr zu. Bruno war verschwitzt, aber guter Dinge. Was er jetzt schon alles gespart hatte!

Er fuhr zum Bau, entlud den Wagen und schleppte die Kisten in den Rohbau. Dann brach er auf, um die Kaminklinker zu besorgen.

Wieder musste er alles selbst schleppen. Er bekam Rückenschmerzen. Der Schweiß lief ihm in Strömen über das hochrote Gesicht. Auch diesmal bekam er seine Kofferraumhaube nicht mehr zu. Aber wieder hatte er Geld gespart.

Als er mit seiner zweiten Fuhre auf dem Bau erschien, regnete es. Trudchen erwartete ihn schon. Gemeinsam luden sie die Kisten mit dem Kaminklinker aus.

Knauster, Budke und der Klempner saßen in der Baubude und

droschen Skat. Ab und zu schauten sie zu den Semmelings hinaus.

Eigenhändig schleppten der Bauherr und seine Gattin die schweren Kisten in den Rohbau. Anschließend kam Bruno zur Baubude hinüber und keuchte: «Ich wollte nur sagen: Die Kaminklinker sind jetzt da.»

Knauster nickte, ohne den Blick von seinem Blatt abzuwenden. «Ja, is gut», grummelte er um seine kalte Zigarre herum. «Muss aber erst trockener werden.»

Bruno nickte bedrückt. Trudchen und er stiegen in den Wagen und fuhren nach Hause. Sie waren nass bis auf die Knochen, und ihnen war kalt. Die Scheiben des Wagens beschlugen von innen.

Am nächsten Tag fuhr Bruno nach der Arbeit zum Teppichgroßhändler.

«Sechzig Quadratmeter Synthetik. Zwanzig Quadratmeter Kokos», sagte der Teppichhändler, während er die Bestellung notierte. Dann fragte er: «Und was noch?»

Bruno schüttelte den Kopf und fragte: «Und wann können Sie das liefern?»

Der Verkäufer hob erstaunt den Kopf. «Was heißt denn liefern? Das müssen Sie schon selbst abholen.»

«Ach so. Klar.» Bruno war blass geworden.

«Nächste Woche liegt der Posten bereit», sagte der Verkäufer.

Bruno wusste zwar noch nicht, wie er die riesigen Teppichrollen transportieren sollte, aber was er da wieder gespart hatte!

Nervös machte ihn erst der nächste Nachmittag, als er sich heillos in einem menschenleeren Gewerbegebiet verfuhr. Da verlor er so viel Zeit, dass er erst am darauf folgenden Tag zum Großhändler für Malbedarf fahren konnte. Dafür machte er hier aber auch ein ganz besonderes Schnäppchen, dessen war er sich sicher. Denn die Malerarbeiten waren ohnehin als Eigenleistung angesetzt, und wenn er Farben und Pinsel im Einzelhandel oder gar beim Maler gekauft hätte – nicht auszudenken, wie viel mehr ihn das gekostet hätte!

«Hier, Augenblick», sagte Bruno und kramte in seiner Tasche, «mein Gewerbeschein.»

Aber der Händler winkte ab. «Ja, ja, ich glaub's Ihnen!»

Überhaupt wollte eigentlich keiner der Großhändler Brunos Gewerbeschein sehen. Die elf Mark hätte er sich also auch noch sparen können. Aber das hatte man ja nicht vorher wissen können. Und hinterher war man immer klüger.

«Also», begann der Farbenverkäufer, «*damit* die Decken streichen.» Er deutete auf einen der Farbeimer. «Und das Holz mit der Leinölverdünnung abstreichen, damit's nicht austrocknet. Schreiben Sie sich das lieber auf, sonst vergessen Sie's nachher noch.»

Bruno zog einen Kugelschreiber aus der Tasche und schrieb.

Als Bruno den Laden verließ, schwirrte ihm der Kopf. Ja, es war eine gute Idee gewesen, das alles aufzuschreiben. Beruhigt betrachtete er den Notizzettel und bemerkte, dass er alles auf die Rückseite des Gewerbescheins geschrieben hatte! Aber vielleicht würde ja auch weiterhin niemand den Schein sehen wollen, dachte er, faltete die amtliche Genehmigung zusammen und schob sie in seine Jackentasche.

Dann machte er sich daran, die riesigen Farbeimer und Abrollgitter, Pinsel, Witscherquaste und Farbrollen in seinen Wagen zu laden.

Auf der Fahrt zu seinem Bau fragte er sich, warum er nicht schon früher auf die Idee mit dem Gewerbeschein gekommen war. Was er da die ganze Zeit schon hätte sparen können! Aber immerhin sparte er jetzt.

Nachdem er Farben und Pinsel zum Bau kutschiert hatte, musste er tanken. Der Tankwart ging nachdenklich um sein Auto herum, bückte sich stirnrunzelnd und drückte prüfend auf die Kotflügel. «Ja, ich würd sagen, der hat's mit der Achse. Haben Sie den mal schwer beladen?»

Bilder von Kisten voller Fliesen und Kaminklinker erschienen vor Brunos innerem Auge, Bilder von großen Teppichrollen, die er kommende Woche transportieren musste. «Äh, ja ...», murmelte er. «Kann ich damit denn noch fahren?»

«Na ja», sagte der Tankwart und rieb sich das Kinn. «Lange macht der's nicht mehr. Da müssen Sie Ihrem Herzen bald 'nen Stoß geben ...»

Bruno seufzte und gab dem Tankwart ein Trinkgeld.

Am Tag der Putzabnahme gingen Bruno, seine Frau, Wumme, Knauster und Michels durch den ganzen Rohbau. Im Keller zeigte Bruno auf diverse Unebenheiten und sagte: «Da! Mauerhügel! Und da! Wie eine Faust!»

«Ja, ja», brummte Wumme unbeeindruckt, «das sind kleine Mängel.» Er hatte so was schon tausendfach gesehen. Zu Knauster sagte er: «Wenn ihr da nochmal beigeht ...»

Bruno glaubte, nicht recht zu hören. Er erwartete mehr Interesse und Engagement von den Verantwortlichen, wenn es um den Verputz in seinem Keller ging. «Also, erlauben Sie mal!»

Aber der Architekt Michels bremste den Bauherrn. Der schien es darauf anzulegen, dass alle Arbeiten perfekt ausgeführt wurden – und das war letztlich nicht in seinem Sinne. Zu Wumme sagte er: «Egal, ob klein oder groß – Sie erkennen die Mängel an?»

«Ja, ja», sagte Wumme gelangweilt. Dann fragte er Bruno: «Wollen Sie das alles wieder abgekloppt haben?» Ihm war das herzlich egal.

«So kann es jedenfalls nicht bleiben!», sagte Bruno mit fester Stimme.

«Gut, kloppen wir's ab», sagte Wumme achselzuckend. «Aber das dauert dann entsprechend länger.»

Michels mischte sich erneut ein. Er zwinkerte Bruno verstohlen zu und sagte: «Moment mal! Ich würde sagen, ihr biegt das irgendwie hin, und wir ziehen was von der Endabrechnung ab.» Dann erst fragte er Bruno:

«Einverstanden?»

Der Bauherr nickte. Wenn sein Architekt das vorschlug, würde es schon Hand und Fuß haben. Michels baute schließlich nicht zum ersten Mal.

Daraufhin wies Wumme seinen Bauleiter Knauster an: «Gut. Schabt 'n bisschen mit'm Spaten!»

Trudchen war bereits in den nächsten Raum weitergegangen, wo der Fliesenleger im abendlichen Halbdunkel mit einem Metermaß hantierte. «Können Sie denn überhaupt was erkennen?», fragte sie besorgt.

«Ja, 's reicht», sagte der Fliesenleger. Dann deutete er auf die Wand. «Kacheln bis hier?»

Trudchen schaute fragend zu ihrem Mann hinüber. Der hatte die letzten Worte mitbekommen und sagte: «Kellerdusche – einsfünfzig hoch die Kacheln.»

Der Fliesenleger nickte.

Michels raunte seinem Auftraggeber zu: «Ist ganz gut so. Paar Abzüge können wir noch gut gebrauchen.»

Knauster kaute an seinem kalten Zigarrenstummel und bewunderte die Arbeit des Fliesenlegers. «Mann, mit *der* Nummer kannste bald auftreten», befand er. Im Dunkeln zu messen! Auf die Idee wäre er im Traum nicht gekommen. Wenn die Sonne unterging, war der Arbeitstag für ihn zu Ende. Aber spätestens!

Am Ende der Begehung sagte Wumme zu Knauster: «Den Gerhard zieh ich morgen ab. Ab übernächste Woche seid ihr wieder alle bei der Siedlung.»

Knauster nickte gleichmütig und schaute weiterhin dem Fliesenleger zu. Er tat, was man ihm sagte. Lohnte ja auch nicht, darüber zu debattieren.

Im Erdgeschoss zeigte Bruno hinüber zu seinen Nachbarn, die bereits dabei waren, die Innenräume zu streichen. «Bei denen ging's viel zügiger», sagte er kopfschüttelnd.

«Das scheint nur so», korrigierte Michels. Er wusste: Jeder Zeitvorteil wurde irgendwann von irgendwem zunichte gemacht. Ein Hausbau war nie pünktlich zu Ende.

Dann kam das Gespräch noch einmal auf den Gewerbeschein zurück. «Natürlich sparen Sie über den Großhandel», sagte Michels. «Lohnt sich aber jetzt nicht mehr. Wir haben doch fast alles.»

Vorwurfsvoll sagte Bruno: «Ja, aber wenn wir das gleich so gemacht hätten, von Anfang an …»

Michels seufzte. «Ja, schon, Herr Semmeling. Aber die Zeit, um den ganzen Kram beizuschaffen!» Er schüttelte belustigt den Kopf. «Da hätten Sie Ihren Beruf an den Nagel hängen müssen.» Was diese Bauherren sich so dachten!

Bereits am nächsten Morgen machte Budke sich daran, den Putz im Keller nachzubessern. Es war der Tag, an dem alles schief gehen sollte.

In den anderen Räumen war nicht viel zu beanstanden gewesen – sehr zu Michels Missfallen. Aber da konnte man nichts machen.

Budke stieß mit einem Spaten die Unebenheiten von der Decke ab. Keine einfache Arbeit für ihn, klein, wie er war. Außerdem rieselte ihm der Dreck in die Augen. «Das ist keine Arbeit für mich!», beschwerte er sich bei Knauster, als der gerade mal im Keller nach dem Rechten schaute.

«Aber's streckt!» Knauster grinste und ging wieder nach oben.

Von dort aus konnte er die Nachbarin sehen, die mit den Lieferanten eines Möbelhauses stritt. Ihre zornige Stimme war deutlich zu hören.

«Nein! Nein, wir müssen warten», sagte sie laut, «der Fußbodenleger ist noch drin!»

Der Lieferant ließ sich dadurch aber nicht beeindrucken und sagte bloß: «Wie stellen Sie sich das denn vor? Wir sind 'n Großhandel. Wir ham noch andere Fahrten. Wir könn nicht den ganzen Nachmittag hier verludern!»

Sein Kollege und er begannen die blitzblanken, leuchtend weißen Küchenmöbel abzuladen. Sie stellten sie direkt hinter der

Ladefläche des Lasters auf den schmalen Brettersteg, der von der Baustelle zum Weg führte.

Plötzlich drang ein Klirren aus dem Nachbarhaus. Frau Hassert zuckte erschrocken zusammen und verschwand im Inneren ihres Hauses.

Knauster grinste. Scheibe kaputt, Fußboden nicht fertig. Es war doch immer dasselbe.

Dann hörte er mit einem Mal, wie auf seinem eigenen Bau jemand Putz von einer Wand im Erdgeschoss abschlug. Eilig sah Knauster nach. Der Elektriker Rodewalk war dabei, den schönen Verputz im Wohnzimmer aufzuhacken.

«Was is'n?», fragte Knauster.

«Wir ham kein Saft!», sagte Rodewalk, ohne seine Arbeit zu unterbrechen.

«Habt ihr die Zuleitung vergesse?», fragte Knauster grinsend. Es wäre nicht das erste Mal, dass er so was erlebte.

«Oder ihr habt sie uns kaputtgekloppt!», sagte Rodewalk.

In dem Moment erschien jemand von der Teppichfirma auf dem Bau und fragte Knauster: «Wann seid ihr denn mit dem Estrich so weit?»

Knauster zuckte bloß mit den Achseln und schob seinen kalten Zigarrenstummel von der linken auf die rechte Seite.

«Mein lieber Mann», stöhnte der Teppichhändler, «am achtundzwanzigsten legen wir aus! Da müssen aber vorher die Maler drin gewesen sein!»

Nun mischte sich auch noch Trudchen ein, die mit ihrem Sohn in einer Ecke des künftigen Wohnzimmers stand. «Das macht mein Mann doch selbst.»

Knauster, Rodewalk und der Teppichhändler sahen einander stumm an.

Trudchen bekam davon nichts mit, denn sie wandte sich schon wieder ihrem Sohn zu. «Zwei Fünfen?», fragte sie ungläubig.

Kay nickte und sagte gelassen: «Aber ich hab 'nen Ausgleich. Und das ist auch nur, weil der blöde ...»

«Oh, nein!», sagte seine Mutter, während sie erschüttert in Kays Arbeitsheft blätterte. «Das ist, weil du keinen Strich mehr tust, seit ich immer hier bin!»

Sie schaute auf. Ali kam mit einer Schubkarre voll Kaminklinker herein und kippte sie in die Mitte des Zimmers.

Knauster sagte laut: «Kann hier net mal einer uffräume?»

Ali, der Teppichhändler und Knauster verließen demonstrativ den Raum. Seufzend machte sich Trudchen an die Arbeit.

Kay schlich – zufrieden grinsend – ebenfalls nach draußen. Er war noch einmal davongekommen.

Rodewalk war in Plauderlaune und berichtete Trudchen, während sie die Kaminklinker sauber aufstapelte: «Das ist uns neulich beim Fitzek auch passiert. Da mussten wir im frisch tapezierten Haus alle Wände aufhacken.»

Etwas beunruhigt fragte Trudchen: «Haben die Leute sich denn nicht beschwert?»

«Beschwert oder nicht», entgegnete Rodewalk, «die waren froh, als das Licht wieder brannte. Mein Geselle hatte die Zuleitungen vergessen. Tja, das muss ich mit dem Mantel der Liebe zudecken; wenn ich da einen großen Zoff mache, sagt der: ‹Komm, gib mir meine Papiere, der nächste Meister wartet schon!›» In diesem Augenblick entdeckte er den Fehler in der Leitung und rief Knauster und seinen Leuten zu: «Na also! Das habt ihr versiebt! Da müssen wir bis zur Heizung runter aufbrechen!»

Die Handwerker kamen wieder herein, um den Schaden zu begutachten. Trudchen stöhnte und sagte wütend: «Wenn das so weitergeht, zieh'n wir hier ja erst im Januar ein!» Mittlerweile hatte sie die Kaminklinker aufgeschichtet und begonnen, den Boden zu schrubben.

Budke arbeitete im Keller, direkt unter ihr, und war damit beschäftigt, neuen Putz aufzubringen. Aus zwei Holzböcken und einem Brett hatte er sich ein Gerüst gebaut, auf dem er nun rücklings lag. Er war beinahe fertig, als es durch die Decke zu tropfen begann. Er guckte ungläubig, da fiel auch schon das erste Stück

Putz herunter. Budke rollte sich eilig zur Seite und sprang von seinem behelfsmäßigen Gerüst, als auch schon der ganze frische Deckenverputz krachend herunterfiel.

Wutentbrannt stürmte er die Kellertreppe hoch und schrie Trudchen an: «Haben Sie hier Wasser ausgegossen?! Ja, ist denn das …! Da wird doch unten der frische Verputz nass und zieht sich zusammen und kracht mir voll in die Fresse! So 'n verdammter Scheiß!»

Knauster grinste. Endlich war mal was los auf der Baustelle.

Trudchen machte ein betroffenes Gesicht und stammelte eine Entschuldigung.

Einer der Handwerker stieß im Hinausgehen den Klempner an und sagte: «Haste gehört? Die Bauherrin hat grad gesagt, sie ziehen erst im Januar ein.»

«Na, dann ham wir ja noch Zeit», sagte der Klempner zufrieden. Er rief in den Keller hinunter: «Otto, komm! Wir machen beim Baumann weiter.»

Keine zehn Minuten später wussten alle über den verschobenen Einzugstermin Bescheid. Der Tischler wurde sogar schon informiert, bevor er auch nur aus seinem Wagen ausgestiegen war. Er fuhr gleich weiter. Wenn die Semmelings sowieso erst im Januar einzogen …

«Arschgeige!», grummelte Knauster und kaute auf seinem Zigarrenstummel herum. Er hatte nach den fehlenden Türzargen fragen wollen, aber jetzt konnte er nur noch dem davonfahrenden Wagen hinterhersehen.

Vor dem Bau nebenan traten die Nachbarin und ein Handwerker vor die Tür. «In 'ner Stunde haben wir den Fußboden drin», sagte der Handwerker tröstend.

«Aber wenn's jetzt regnet?», fragte die Nachbarin verzweifelt und starrte auf ihre Küchenmöbel, die immer noch im Freien standen.

Knauster sah zum Himmel hinauf. Dunkle Wolken.

Die Nachbarin begann zu weinen.

«Das war Hochverrat!», sagte Bruno zu seiner Frau.

Trudchen weinte.

Bruno hatte kein Mitleid mit ihr. «Wie konntest du nur?!», herrschte er sie an. Und zu Kay, der versuchte, unbemerkt in sein Zimmer zu schleichen, sagte er barsch: «*Wir* sprechen uns morgen, Freundchen!»

«Sie dürfen sich nicht wundern», hatte Michels ihm am Telefon gesagt, «Ihre Frau hat auf dem Bau selbst erklärt, Sie zögen erst im Januar ein! Hat mir der Knauster vorhin erzählt! *Wir* haben Schwierigkeiten, die Leute freizuschaufeln, und Ihre Frau sagt so was!»

Bruno hatte geglaubt, er höre nicht richtig. Plötzlich schien der Einzugstermin in weite Ferne gerückt zu sein.

Der Umzug

Es waren noch zehn Tage bis zum Umzug.

«Erst müssen die Zargen rein, und es muss verglast werden, Herr Semmeling», behauptete Wumme, «sonst trocknet der Estrich zu schnell aus, und Sie laufen nachher auf Sand. Da können wir im Augenblick gar nichts machen. Ich geb dann mal der Estrichfirma Bescheid.» Wumme legte den Hörer auf und ärgerte sich über seine Tochter, die nämlich in Wirklichkeit vergessen hatte, die Estrichfirma anzurufen. Jetzt durfte er selber wieder ran mit seinen Männern.

Knauster würde sich darum kümmern, hatte er schon gesagt.

Wumme sah in den Terminkalender. ‹Den Semmeling dürfen wir nicht so lange hinhalten›, dachte er. ‹Geht dem das Geld aus, dann kann ich selbst mit leeren Händen nach Hause gehen.›

Es regnete. Auf der Baustelle lud der Klempner seine Sachen wieder ein. «Wenn ich die Objekte heut nicht anbringen kann …», sagte er übellaunig.

Knauster blaffte ihn an: «Vorm Estrich, Kerle! Bist du zum ersten Mal aufm Bau?»

Von der Spitze seines klammen Zigarrenstummels tropfte Wasser. Knauster, der Klempner, der Glaser und Trudchen standen im strömenden Regen vor dem Rohbau.

«Der Michels hat mich doch extra angerufen!», beschwerte sich der Klempner. Aber das ließ Knauster nicht gelten. «Was weiß denn der?», sagte er wegwerfend.

«Die Anfahrt stell ich Ihnen in Rechnung», sagte der Klempner. Ohne die Antwort der verblüfften und durchgefrorenen Bauherrin abzuwarten, stieg er in seinen Wagen.

Trudchen wandte sich entmutigt an Knauster. «Warum machen Sie den Estrich denn nicht endlich?»

Knauster aber wies jede Verantwortung weit von sich. Er deutete mit dem Daumen auf den Glaser. «Fragen'S doch den! So 'n Sauwetter und kein Glas drin!»

Der Glaser sagte verbittert: «Ich sag's doch – die große Scheibe ist beim Verladen kaputtgegangen. Kann *ich* doch nix für! Was da ist, setzen wir heute ein!»

Knauster zuckte desinteressiert mit der Schulter. «In dene zugige Räume arbeite mir die Leut net – da meutern die.»

Mittlerweile waren sie durch den Matsch wieder ins Haus zurückgestapft, um wenigstens dem Regen – wenn schon nicht der Kälte – zu entkommen. Knauster tippte auf den Notizblock, den Trudchen in der Hand hielt. Die oberste Seite wellte sich vor Feuchtigkeit. «Uffschreibe!», orderte er. «Eigentlich müsste vorher der Fliesenleger 'nei, dass Ihr Mann den ja anruft!»

Er wandte sich um und marschierte durch den Regen zurück zur Baubude. Da war es wärmer, und er hatte wenigstens seine Ruhe. Außerdem konnte er da mit den anderen Handwerkern eine zünftige Runde Skat kloppen.

Der Glaser sagte zu Trudchen: «Früher hat sich auch kein Mensch darum gekümmert, ob der Bau verglast war. Da wurde zu allen Zeiten auf dem Bau weitergearbeitet!» Er nickte bekräftigend und machte sich wieder an die Arbeit.

Doch damit riss die Katastrophenserie noch lange nicht ab. Wenig später ging Trudchen in den Keller und machte die grausige Entdeckung, dass das Regenwasser durch eines der noch unverglasten Kellerfenster in breitem Strahl hereinströmte.

Aufgeregt rief sie den Glaser zu sich und sagte besorgt: «Sehen Sie? Das schwabbert vor Nässe!»

«Und grad *die* Scheiben sind auch kaputt ...», sagte der Glaser und machte ein ernstes Gesicht.

«Können Sie da nichts anderes hinmachen?», fragte Trudchen entnervt. «Wenigstens behelfsmäßig?»

«Morgen bring ich was mit», sagte der Glaser. Und dann fügte er spöttisch hinzu: «Vermieten Sie das Haus lieber erst mal ’n paar Monate!» Dabei grinste er ziemlich unverschämt.

Trudchen fand die Bemerkung überhaupt nicht komisch. Entgeistert fragte sie: «Warum denn das?»

«Damit das Haus erst mal trockengewohnt wird», sagte der Glaser gelassen.

Die Bauherrin starrte ihn nur wortlos an.

Vorsichtshalber verließ der Glaser den Keller und machte sich daran, seine Arbeit im Erdgeschoss zu vollenden. Diese Bauherrin hatte offenbar keinen Humor.

Trudchen holte sich einen Feudel und einen Eimer und machte sich daran, den Keller trockenzuwischen – vergeblich! Immer mehr Wasser lief durch das offene Fenster. So schnell konnte sie gar nicht wischen.

Der Tischlergeselle schaute einmal zu ihr herein und sagte gut gelaunt: «Löpt sich allens wedder torecht!»

Beinahe hätte Trudchen mit dem Feudel nach ihm geworfen. Was wusste denn der schon! Der musste sich ja keine Sorgen machen! War ja nicht sein Haus!

Als Bruno am frühen Nachmittag kam, um seine Frau abzuholen, fand er einen menschenleeren Bauplatz vor.

Er parkte auf dem Feldweg, spannte seinen Schirm auf und balancierte über den schmalen Brettersteg hinüber zur Baustelle. Die Handwerker waren bereits heimgefahren. Aus dem Keller hörte er leises Schluchzen.

Bruno ging dem Geräusch nach und schaute in eines der Kellerfenster hinein. Dort hockte Trudchen und weinte leise vor sich hin. Sie hatte vergebens versucht, den Kellerboden trockenzufeudeln.

«Trudchen?», rief Bruno alarmiert.

«Bruno!» Trudchen stöhnte erleichtert auf und schaute zu ihrem Mann hoch. «Ach, Bruno!» Dann begann sie lauter zu weinen. Der Wischlappen fiel ihr aus der Hand.

«Da läuft ja ununterbrochen Wasser rein», rief Bruno entsetzt.

«Ich hab draußen Rillen gegraben», sagte Trudchen schluchzend, «dass es abläuft.»

«Aber der nächste Schauer schwemmt sie gleich wieder zu», rief Bruno, der das Problem erkannt hatte.

Verzweifelt, aber auch ein bisschen verärgert über seine Besserwisserei, sagte Trudchen: «Ja, ich weiß auch nicht ...»

Bruno lächelte seine Frau aufmunternd an.

Sie verstand das falsch und dachte, er lache über sie. «Ich finde das wirklich überhaupt nicht komisch!», rief sie unter Tränen.

Besorgt sagte Bruno: «Warte, ich komm runter!»

Er ging in das Haus, das in nur zehn Tagen sein neues Zuhause sein sollte, und die Kellertreppe hinunter. Dann machten Trudchen und er sich erneut daran, den Keller trockenzuwischen, so aussichtslos dieses Unterfangen auch sein mochte.

Bruno berichtete von seinem Besuch bei Kays Klassenlehrer, der ihn in die Schule zitiert hatte.

«Da braucht man sich nicht zu wundern», sagte er aufgeregt, während er den Wischlappen schwang, «dass so Leute ein Haus mit links finanzieren. Denen stecken sie's vorne und hinten rein, wirklich. Er hat mir erzählt, dass er und seine Frau – sie arbeitet auch an der Schule ...»

«Ja», sagte Trudchen, «sie ist Kays Deutschlehrerin.»

«... dass sie beide also ein zinsloses Darlehen über fünfzehntausend Mark bekommen haben», fuhr Bruno fort, «also geschenktes Geld! Und dann sichert ihnen der Staat auch noch ...»

Trudchen unterbrach ihn. Sie wrang ihren Lappen aus und fragte: «Was hat er denn über Kay gesagt?»

«Wie?», fragte Bruno.

«Na, zu Kays Leistungen, was hat er da gesagt?»

«Äh ...», machte Bruno. «Dazu sind wir gar nicht mehr gekommen.»

Kay, der sich vorsichtshalber in der Nähe des Kellerfensters herumgedrückt hatte, um zu lauschen, grinste erleichtert.

Inzwischen waren es nur noch acht Tage bis zum Umzug. Es regnete nicht mehr. Die Türzargen kamen, der Estrich wurde eingebracht, die Fliesen wurden verlegt. Fehlten nur noch die Scheiben.

Trudchen war krank geworden. Sie lag mit einer fiebrigen Erkältung im Bett.

Morgens fuhr Bruno zur Arbeit und nach der Arbeit raus zum Bauplatz.

Die Baubude war bereits abgeholt worden, das Klohäuschen ebenfalls. Das Werkzeug hatten die Handwerker selbst mitgenommen.

Die großen Wohnzimmerfenster waren noch immer nicht verglast. Und es konnte jederzeit wieder anfangen zu regnen.

Michels war telefonisch nicht zu erreichen – der Architekt eilte von Baustelle zu Baustelle. Auch Wumme war nicht zu sprechen. Bruno lief die Zeit davon.

Noch sieben Tage bis zum Umzug.

Noch sechs.

Fünf.

27. September 1971

Ich bin krank – ausgerechnet jetzt!

Schon seit Tagen liege ich im Bett. Ich muss mich erkältet haben, als es so geregnet hat und ich versucht habe, den Keller trockenzuhalten. Das war schrecklich.

Bruno war an dem Tag bei Kays Lehrer in der Schule. Aber die haben nur über Hausbau und Finanzierungen geredet. An unseren armen Jungen denkt wieder keiner! Das bleibt nun auch wieder an mir hängen.

Aber im Augenblick kann ich einfach nicht mehr. Ich habe sogar Fieber. Dabei war ich seit Jahren nicht krank! Und ausgerechnet jetzt! Ich habe richtig ein schlechtes Gewissen, aber was soll ich denn machen?

Mir wird abwechselnd heiß und kalt, und ich kann

noch nicht mal richtig was essen. Bruno muss Kay morgens zur Schule fertig machen, und wenn der Junge nach Hause kommt, muss er mir eine Suppe warm machen. Nicht einmal das schaffe ich alleine!

Abends macht Bruno mir dann noch eine Suppe. Etwas anderes bringe ich nicht herunter. Bruno sagt, ich muss mehr trinken. Kay und er essen kalt. Wurstbrote.

Ich glaube nicht mehr recht daran, dass wir pünktlich einziehen können. Jeden Tag fährt Bruno raus zum Bauplatz, aber es geht kaum voran. Die Scheiben sind auch immer noch nicht drin.

Immerhin war der Fliesenleger inzwischen da, und der Estrich ist gegossen. Deshalb ist Bruno gestern mit Kay rausgefahren, um zu malen und zu tapezieren. Das ist schließlich als Eigenleistung kalkuliert.

Er hat sich wohl auch alles genau erklären lassen vom Maler. Aber es klappt einfach nicht. Die Tapeten fallen immer wieder von der Wand. Kay findet das komisch. Der versteht den Ernst der Lage ja auch noch nicht. Aber wie er mir davon erzählt hat, musste ich auch lachen. Das hat gut getan.

Bruno war dann doch beim Maler. Er lässt jetzt tapezieren und streichen, anders schaffen wir's zeitlich nicht mehr. Was das wieder kostet!

Was Trudchen an diesem Tag noch nicht wusste, war, dass die Malerarbeiten Mehrkosten in Höhe von 3731 Mark ergeben sollten.

Drei Tage vor dem Einzug fehlten immer noch die Fensterscheiben, der Kamin war nicht gemauert, der Teppich nicht verlegt, und Trudchen war immer noch krank.

Bruno wusste nicht mehr, wo ihm der Kopf stand. Er war viel zu aufgeregt, um verzweifelt zu sein.

Morgens kümmerte er sich um Kay, abends um Trudchen. Zwischendurch musste er ins Büro. Danach zum Bau.

Nachts packte er. Die ganze Wohnung stand voller Kisten, Koffer und Taschen. Wer was wo verstaut hatte, war nicht mehr nachzuvollziehen. Bruno hatte zwar alles genau aufgeschrieben, aber der Zettel war weg.

Kay bekam einen blauen Brief mit nach Hause, aber das war Bruno beinahe schon egal. Wenn der Junge sich nicht sofort am Riemen riss, war seine Versetzung gefährdet. Seine Leistungen waren so schlecht geworden, dass er den Stoff im verbleibenden Schuljahr kaum noch aufholen konnte.

Es fing wieder an zu regnen.

Noch immer keine Scheiben im neuen Haus.

Bruno bat seinen Vermieter Fricke um einen letzten, einen wirklich absolut allerletzten Aufschub. Nur noch zwei Tage, oder einen, wenigstens noch einen einzigen Tag! Doch Fricke lehnte ab: Das ginge nun wirklich nicht mehr.

Von seinem Chef ließ Bruno sich Sonderurlaub genehmigen, nachdem er ihm seine unvorhersehbar prekäre Lage dargestellt hatte.

«Was glauben Sie, wie froh ich bin, Herr Semmeling, wenn Sie endlich einziehen», hatte Schweizer geseufzt.

Ununterbrochen versuchte Bruno, Wumme telefonisch zu erreichen. Das aber war unmöglich. Schließlich fuhr er dann persönlich hinaus zum Kontor des Bauunternehmers.

«Ich denk, bei Ihnen sind wir durch!», sagte Wummes Tochter erstaunt, als Bruno auftauchte.

«Nein», sagte Bruno verzweifelt, «der Kamin ist noch nicht gemauert, und Herr Knauster hat gesagt ...»

Aber Wummes Tochter ließ ihn gar nicht erst ausreden. «Da müssen Sie mit meinem Vater sprechen. Der ist abends zurück.»

Bruno seufzte und wandte sich zum Gehen. Da setzte Wummes Tochter noch nach: «Ach, Herr Semmeling, wo Sie schon da sind, können Sie das gleich mitnehmen. Ihre Rechnung!» Damit steckte sie ihm ein dickes Kuvert zu.

So verging ein Tag nach dem anderen. Es ging einfach nicht voran. Die Fenster blieben unverglast, der Kamin war lediglich ein Klinkerhaufen mitten im Wohnzimmer. Auf dem Boden lag kein Teppich.

Und Trudchen war immer noch krank.

Es dämmerte. Bruno schlug die Augen auf, blinzelte und warf einen müden Blick in Richtung Fenster. Es war noch nicht mal richtig hell.

Es klingelte an der Wohnungstür. Beim zweiten Mal stemmte Bruno sich aus dem Ehebett. Neben ihm lag Trudchen mit einem Schal um den Hals unter einem Daunenbett. Erschrocken schlug sie die Augen auf.

Bruno stieg über zwei Koffer und eine Kiste und schlüpfte ungeschickt in seinen Morgenmantel. Es klingelte zum dritten Mal. «Ja, ja, ich komm ja schon», murmelte er. Dann wankte er zur Schlafzimmertür hinaus und durch den Flur. Als er die Wohnungstür öffnete, sah er sich einem Maler, dessen Gesellen und dem Vermieter Fricke gegenüber. Der Geselle trug eine Leiter. Auf dem Fußboden standen mehrere Farbeimer und eine Kiste voller Pinsel, Quasten und Abrollgitter.

«Morgen!», dröhnte der Maler fröhlich.

Bruno war fassungslos. «Sie? Ich denke, Sie sind heute draußen bei mir im Haus?»

«Jetzt sind wir erst mal hier», sagte der Maler gemütlich. «Auf den Bau kommen wir dann auch noch.»

Er schob sich an Bruno vorbei in den engen Flur, der voller Kisten und Koffer stand.

Bruno schaute den Vermieter verzweifelt an. «Können wir denn nicht noch um *einen* Tag verlängern, Herr Fricke?»

Aber Fricke schüttelte nur streng den Kopf. «Unmöglich», sagte er. «Einen Tag habe ich ja bereits zugegeben. Die neuen

Mieter sind schon da und die Möbelwagen auch!» Fricke sah Bruno missbilligend an, steckte den Kopf in den Flur und rief dem Maler und seinem Gesellen zu: «Also, anfangen!»

Die beiden begannen gleichmütig, die Kisten und Koffer ins Treppenhaus zu stellen.

Dann erschienen auch Frau Hagen und ihre Schwester im Treppenhaus.

Bruno war verzweifelt. Aufgewühlt kehrte er ins Schlafzimmer zurück.

Seine Frau war mittlerweile aufgestanden und stand am Fenster. Sie trug immer noch den dicken Wollschal um den Hals. Zwischen den Vorhängen hindurch lugte sie vorsichtig hinunter auf die Straße.

Bruno trat neben sie. Unten auf der Straße luden Möbelpacker die Möbel von Frau Hagens Schwester aus, einer älteren Dame, die auf dem Bürgersteig stand und die Arbeit überwachte. Ein zweiter Umzugslaster war für die zahlreichen Kisten, Kartons, Koffer und Möbel der Familie Semmeling bestimmt. Die beiden Wagen standen nebeneinander in der schmalen Straße und blockierten sie vollständig. Obwohl es noch früh am Morgen war, fingen bereits die ersten Autofahrer, die nicht weiterfahren konnten, zu hupen an. An den Fenstern der anderen Häuser tauchten nun ebenfalls Menschen auf, die interessiert auf die Straße hinunterschauten. Die Möbelpacker gingen gleichmütig ihrer Arbeit nach. Sie waren das Schimpfen der Anwohner und die Kakophonie der Autohupen gewöhnt.

Vom Flur her ertönte ein gewaltiges Krachen.

Trudchen fragte mit heiserer Stimme: «Aber wo sollen wir denn hin, Bruno?»

Energischer, als ihm zumute war, sagte Bruno: «In eine Pension … für die eine Nacht. Wie ich's dir gesagt habe.»

Im Flur krachte es wieder. Dann war ein lang gezogenes, schabendes Geräusch zu hören.

«So lange werden unsere Sachen untergestellt», fuhr Bruno

fort. Er hatte das gestern alles ganz genau mit dem Umzugsunternehmen abgesprochen. «Und wenn die heute das Glas einsetzen und den Fußboden verlegen …»

Es klopfte an der Schlafzimmertür. Ohne auf eine Antwort zu warten, öffnete der Maler sie auch gleich und steckte seinen Kopf in den Raum.

Bruno drückte die Tür wieder zu. «Moment noch, ja?», sagte er. Dann wandte er sich wieder an seine Frau. «Hilft ja nichts. Nun mach zu!»

Aber Trudchen ließ sich nur matt auf die Bettkante sinken.

Der Maler klopfte erneut an die Tür. Dumpf drang seine Stimme zu den Semmelings durch. «Können wir da rein?»

Trudchen begann zu weinen. Bruno rief: «Augenblick noch!» Dann versuchte er, seiner vollkommen überforderten und immer noch kranken Frau eilig und ungeschickt etwas überzuziehen.

Fünf Minuten später erschienen Kay, Trudchen und Bruno im Treppenhaus. Trudchen trug über ihrem Nachthemd nur einen Morgenmantel und zwei Wintermäntel. Darunter eine einfache Hose. Bruno stützte seine Frau. Kay schleppte zwei große Koffer hinter seinen Eltern die Treppe hinunter.

Das war gar nicht so einfach. Denn gleichzeitig trugen die Möbelpacker von Frau Hagens Schwester Möbel in die frei werdende Wohnung hoch, und Semmelings Möbelpacker trugen Möbel und Kisten nach unten zum wartenden Umzugslaster. Und da es sich um Mitarbeiter konkurrierender Unternehmen handelte, deren persönliches Interesse an den zu transportierenden Gegenständen ohnehin gering war, behinderten sich alle gegenseitig, rempelten einander an, blieben mit Kommodenfüßen am Geländer hängen, zerschrammten das frisch gestrichene Treppenhaus mit Antiquitäten, keilten die Kollegen ein und veranstalteten insgesamt ein vollkommen unübersichtliches Durcheinander.

Bruno versuchte verzweifelt, den Überblick zu behalten, und

gab hektische Anweisungen: «*Die* Koffer in meinen Wagen … Nein, das hole ich gleich selbst … *Das* lassen Sie bitte stehen, das fahre ich nachher direkt ins Haus … *Die Sachen dort* werden für die Nacht untergestellt …»

Aber niemand schien sich um ihn zu kümmern. Schließlich verfrachtete Bruno seine kranke Frau und seinen quengelnden Sohn in den klapprigen Ford, lud den Rücksitz voll, belud den Dachgepäckträger, so hoch es ging, zurrte seine Habe fest und fuhr los. Es war der schlimmste und entwürdigendste Moment, seit er beschlossen hatte zu bauen.

«Zwei Stunde brauch ich noch für den Kamin», sagte Knauster mürrisch. Er kniete im zukünftigen Wohnzimmer und mauerte gemächlich vor sich hin.

Der Fußbodenverleger sah ihm ungeduldig zu. «Und wann kann *ich* ins Wohnzimmer?», fragte er.

Aber Knauster ließ sich nicht von der allgemeinen Hektik anstecken und mauerte seelenruhig weiter. Stein auf Stein. Irgendwann würde er fertig sein.

Der Fußbodenverleger verzog sich wieder in den Flur.

Dort jedoch stand jetzt plötzlich ein Küchenschrank, der bereits von zwei anderen Handwerkern wütend angestarrt wurde. «Scheiße!», sagte einer von ihnen und kratzte sich ratlos am Kopf.

Der Teppichverleger warf einen schnellen Blick in die Küche. Alles eingebaut. Nur noch eine kleine Lücke – und ein ganzer Unterschrank übrig. Der stand jetzt im Flur und behinderte ihn bei der Arbeit. «Der muss hier weg», sagte der Teppichverleger und zeigte auf den Schrank. Die beiden Küchenprofis nickten, rührten sich aber nicht vom Fleck. Nachdenklich betrachteten sie die fast vollständige Kücheneinrichtung.

Bruno parkte sein Auto hinter den Lastwagen und Autos der Lieferanten und Handwerker. Trudchen und Kay hatte er in einem heillos mit Umzugsgut voll gestellten Pensionszimmer zurückgelassen. Glücklicherweise war die Wirtin sehr nett und hatte versprochen, sich um seine kranke Frau zu kümmern. Als er gegangen war, hatte sie Trudchen gerade eine Tasse Suppe gebracht.

Mit Tüten, Taschen, Kisten und Koffern beladen, stieg Bruno nun aus, schubste die Wagentür mit einem Hüftschwung zu und balancierte über einen schmalen Brettersteg zum Haus hinüber.

Plötzlich blieb er stocksteif stehen. Ein kleiner Pinscher sprang bellend um ihn herum.

Irgendwo in der Nähe pfiff sein Frauchen nach ihm. Doch der dumme kleine Kläffer achtete nicht darauf.

Bruno versuchte den Hund zu verscheuchen, aber der kläffte wütend weiter und sprang ihm an die Hosenbeine.

Bruno sah sich um. Der Glaser kam aus dem Haus und informierte den Bauherrn, ohne sich von dem kleinen Köter beeindrucken zu lassen: «Wir machen eine Notverglasung, Herr Semmeling. Hatten wieder Bruch. Morgen können Sie auf jeden Fall einziehen.»

Bruno nickte verzagt. Der Hund kläffte. Schließlich verpasste Bruno ihm einfach einen Tritt. Jaulend zog das Tier ab und hinkte über einen frisch aufgeschütteten Erdwall zum Nachbargrundstück.

Auf dem Wall stand Frau Hassert. Sie hatte die ganze Szene mit angesehen und rief besorgt: «Andy ... Andy ... hast du was?»

Der Hund hopste bereits wieder fröhlich umher, doch sein Frauchen rief wütend: «So ein Rohling!» Sie trug ein hübsches Kleid mit Blumenmuster und Gummistiefel. Den Hund im Schlepptau, verschwand sie in ihrem Haus.

Bruno seufzte, trug seine Kisten, Taschen und Tüten ins Wohnzimmer und ließ sie erschöpft in eine Ecke fallen.

Stöhnend schaute er hinüber zum Elektriker Rodewalk, der auf einer Leiter stand und eine Deckenlampe anbrachte.

Am anderen Ende des Zimmers mauerte Knauster noch immer am Kamin.

«Soll man nie machen», sagte Rodewalk freundlich. «Eigenleistung bei elektrischen Sachen. Du lieber Gott, nee!»

«Warum?», fragte Bruno erstaunt. Er hatte Rodewalk nun doch noch hergebeten, weil ihm die Zeit davongelaufen war.

«Wenn Sie zum Beispiel hier den Schutzkontakt klemmen», sagte Rodewalk und deutete mit dem Schraubendreher auf ein kleines Teil an der Deckenlampe, «steht eine Steckdose unter Strom. Wenn Sie jetzt meinetwegen Ihren Toaster da reinstecken, knallt es, und Sie sehen Sterne.»

Semmeling nickte beeindruckt. Da hatte er ja nochmal Glück gehabt.

«Möbelhaus Kurchner!», dröhnte ein Mann, der gerade das Wohnzimmer betrat.

«Ja?», sagte Semmeling.

«Ihre Couch!», dröhnte der Lieferant. «Hier bitte quittieren!» Er hielt Bruno einen Lieferschein hin. Hinter ihm marschierten zwei junge Leute mit der hypermodernen Couch ins Zimmer. Sie stellten sie wortlos in einer noch freien Ecke ab und gingen wieder nach draußen. Bruno unterschrieb. Die jungen Leute brachten weitere Sitzgruppenelemente herein.

«Was is denn des für ein Gelump?», fragte Knauster belustigt. Er packte gerade sein Werkzeug zusammen.

«Eine moderne Couch», sagte Bruno und lächelte verlegen. Klar, dass einer wie Knauster mit solchen Sachen nichts anfangen konnte. «War sehr günstig!»

«Ach so», brummte Knauster. Dann deutete er auf den Kamin. «Fertig!»

«Sehr schön!», sagte Bruno. «Wollen wir's mal versuchen?»

Er hob einen Bogen Packpapier auf, der aus irgendeinem Grund auf dem Fußboden lag, knüllte ihn zusammen und schob ihn in den Kamin. Dann zündete er das Papier an und sagte strahlend: «Zieht aber weg wie nichts!»

Rodewalk war mittlerweile von der Leiter heruntergeklettert und sagte leise: «Könnt ich vielleicht gleich was haben?»

«Wie viel macht's denn?», fragte Bruno gut gelaunt.

«Sechzig Mark», sagte Rodewalk. Knauster hörte interessiert zu.

«Überweis ich Ihnen – noch heute!»

«Nee, nee.» Rodewalk schüttelte den Kopf. «Nicht überweisen. Wissen Sie, ich hab meinen Laden dichtgemacht. Es ging nicht mehr.»

«Aber, um Gottes willen, Herr Rodewalk!» Bruno war entsetzt.

«Tja», sagte Rodewalk gelassen, «zu viele Außenstände, kein Betriebskapital ...»

«Und was machen Sie jetzt?», fragte Bruno mit echter Anteilnahme. Er hatte sein Scheckheft aus der Jackentasche gezogen und schrieb den Scheck für Rodewalk aus.

Gefasst meinte der Elektriker: «Ich nehm 'ne Meisterstelle an. Mal sehn. Verhungern werd ich schon nicht ...»

Bruno reichte ihm den Scheck über 60 Mark.

«Danke schön!», sagte Rodewalk erleichtert. «Und wenn was ist, Sie haben ja meine Privatnummer.» Er schüttelte Bruno noch einmal die Hand und ging langsam zu seinem Auto.

Bruno sah ihm betroffen hinterher. «Der tut mir richtig Leid!», murmelte er.

Knauster brummte verächtlich: «Kein Wunder!»

«Wieso?», fragte Semmeling verblüfft. «Der war immer da. Immer zuverlässig und pünktlich.»

«Eben drum!», brummte Knauster.

Er hatte bemerkt, dass der Rauch keineswegs im Kamin abgezogen war, sondern sich überall im Zimmer ausbreitete. Aber Semmeling schien das nicht weiter zu stören. Also sagte Knauster auch nichts. Und wie oft benutzten die Leute ihren Kamin später schon? Knauster nickte bedächtig und klopfte sich die Hände sauber.

In der Küche herrschte das reinste Chaos. Die beiden Handwerker hatten alle Schränke wieder ausgebaut und neu installiert.

«Das kommt so nicht hin», sagte einer der beiden kopfschüttelnd. Er betrachtete erst die hübsche Reihe weißer Unterschränke in der Küche – und ließ seinen Blick dann hinauswandern in den Flur, wo diesmal der Kühlschrank stand, der nicht mehr in die Küche passte.

«Müssen wir nochmal bei», meinte der andere.

Aber dann schauten sie auf ihre Uhren – und stellten fest, dass ihnen heute gar nicht mehr genug Zeit blieb, um die Küche noch einmal komplett aus- und wieder einzubauen. Also beschlossen sie, die Angelegenheit morgen in alter Frische anzugehen.

Sie wuchteten den Kühlschrank aus dem Flur mitten in die Küche, ließen ihn dort stehen und machten sich auf den Heimweg.

Auch die übrigen Handwerker betrachteten ihr Tagewerk als vollendet, verabschiedeten sich freundlich von Bruno – und wenig später war er ganz allein in seinem neuen Haus.

1. Oktober 1971

Bruno sagt, aus neuen Häusern würde oft in der Nacht vor dem Umzug das ganze bereits gelieferte Mobiliar geklaut. Deshalb hat er sich von unserer Wirtin Bettzeug geliehen und übernachtet auf dem Bau.

Kay ist sehr verständig. Wir waren heute den ganzen Tag in unserem kleinen Zimmer in der Pension, weil ich doch immer noch krank bin und viel husten muss, aber er hat gar kein Theater gemacht. Er hilft auch viel mit, trägt Koffer und kümmert sich um mich, so gut er kann.

Ein Teil von unseren Sachen wird über Nacht untergestellt und erst morgen in unser Haus gebracht. Ich hoffe nur, dass dann auch alles fertig ist.

Die Küche ist schon fast fertig eingebaut, sagte Bruno, und die Couch ist geliefert worden. Nur die Teppiche liegen noch nicht, und das große Wohnzimmerfenster fehlt noch. Wir haben nur eine Notverglasung, weil der Glaser schon wieder Bruch hatte.

Hoffentlich wird Bruno nicht auch noch krank, wenn er da draußen in dem Haus ohne richtige Fenster übernachtet! Das fehlte uns jetzt gerade noch!

Bruno hatte schlecht geschlafen. Es war eiskalt gewesen in dem Haus, und bei jedem Geräusch war er aufgeschreckt.

Einmal war er sogar – bewaffnet mit einer Taschenlampe und einem Schraubenschlüssel – durch das dunkle Haus geschlichen, weil er verdächtige Geräusche gehört hatte. Doch dann war es nur eine Katze gewesen, Gott sei Dank!

Bei Sonnenaufgang erwachte er und glaubte, jeden Knochen einzeln zu spüren. Er fühlte sich vollkommen ausgelaugt.

Kaum hatte er seine Sachen vom Vortag wieder angezogen und sich den Schlaf aus den Augen gerieben, da erschienen auch schon die ersten Handwerker.

Der Teppichverleger machte sich an die Arbeit. Er fluchte leise vor sich hin, wenn ihm wieder einmal die Leiter oder das Werkzeug eines Kollegen im Weg stand, oder die Couchelemente, aber so war das nun einmal, wenn alles auf den letzten Drücker erledigt werden musste. Konnte man nun auch nichts mehr dran ändern.

Mit dem Flur war er glücklicherweise gestern schon fertig geworden; nun waren dort die Maler und tapezierten.

Im Wohnzimmer hantierte der Dekorateur mit riesigen Gardinenstangen.

Auch der Glaser war mit einer neuen Scheibe für das riesige Wohnzimmerfenster angekommen. Zusammen mit seinem Gesellen trug er sie ins Zimmer, um sie doch noch schnell vor dem Einzug einzusetzen.

Der Dekorateur drehte gerade eine lange Gardinenstange durch den Raum, als der Fußbodenverleger mit einer Teppichrolle hereinkam. Der Fußbodenverleger wich aus, der Teppich stieß an die Scheibe, die Scheibe fiel um und zersplitterte. Alle erstarrten für einen Augenblick. Das durfte doch einfach nicht wahr sein! Dann zuckte der Glaser resigniert mit den Achseln und machte sich daran, erst die Scherben aufzukehren und dann die Notverglasung wieder anzubringen.

In der Küche waren die beiden Handwerker – wie schon am Vortag – damit beschäftigt, die Unterschränke auszubauen und in einer anderen Anordnung wieder aufzustellen. Schließlich gelang es ihnen tatsächlich, alle bestellten Teile einzubauen. Die Kühlschranktür ließ sich jetzt zwar nur zwanzig Zentimeter weit öffnen, weil das Gerät in einer Zimmerecke stand, aber dafür war die Küche jetzt komplett.

Bruno war, kaum dass die ersten Handwerker eingetroffen waren, losgefahren und hatte Trudchen und Kay aus der Pension abgeholt. Dann waren alle in ihr neues Heim gefahren.

Nun warteten sie aufgeregt auf den Umzugswagen. Doch der kam und kam nicht.

Erst am Nachmittag erfuhren sie, dass der Wagen im morastigen Boden eines Feldwegs eingesunken war. Ein freundlicher Bauer hatte den fluchenden Möbelpackern geholfen, das Gefährt wieder flottzumachen, indem er seinen Trecker vorne angespannt hatte, während vier starke Packer von hinten geschoben hatten.

Schließlich traf die Fuhre aber doch noch bei Semmelings ein. Die Möbelpacker hatten schlechte Laune, weil es eigentlich schon viel zu spät war, um den Wagen vor Einbruch der Dunkelheit noch vollständig zu entladen. Entsprechend schnell arbeiteten sie. Und entsprechend groß war das Durcheinander, in dem die Habseligkeiten der Semmelings später im Haus herumstanden.

Eine Krise bahnte sich an, als sich herausstellte, dass das Ehebett nicht ins Schlafzimmer passte.

Die kranke, erschöpfte Trudchen beschimpfte ihren Mann: «Das hast *du* nicht richtig gemessen, da hättest du doch drauf achten müssen!»

Aber Bruno war viel zu erschöpft, sich jetzt um Einzelheiten zu kümmern. Er hatte den Umzugszirkus zu dirigieren. Er ließ das Bett einfach ins Wohnzimmer stellen. Alles andere musste sich später finden.

3. Oktober 1971

Der Umzug war schrecklich. Das Schlimmste ist, dass unser Bett nicht ins Schlafzimmer passt. Was sollen wir denn nun machen? Bruno hat das Bett erst mal ins Wohnzimmer stellen lassen. Wir haben dann alle drei darin geschlafen, weil sie Kays Bett mit Umzugskisten voll gestapelt hatten. Das haben wir auch erst zu spät gemerkt.

Am nächsten Morgen – das war schon ein unglaubliches Gefühl. Wir sind einfach nur dagestanden, mitten im Wohnzimmer, zwischen all den Kisten, und haben uns den Sonnenaufgang angeguckt. Bruno und ich haben uns ganz fest im Arm gehalten.

Wir haben es geschafft! Dieser erste Morgen im eigenen Haus, der war wirklich überwältigend!

Die Hausabnahme gestaltete sich kurz und recht erfreulich.

«Wackelt», sagte Bruno leichthin und rüttelte an einem Fenstergriff.

«Ist doch bloß 'ne Kleinigkeit!», versuchte der Glaser abzuwiegeln.

Aber Architekt und Auftraggeber ließen sich nicht beirren. Michels sagte kühl: «Nix! Das gibt Abzug!»

Der Glaser nickte resigniert und schrieb etwas in sein kleines Notizbuch.

Mit Michels, Wumme, Knauster, Henke, dem Glaser, dem Klempner und allen anderen Handwerkern marschierte Bruno weiter durch sein neues Haus. Insgeheim musste er zugeben, dass man beim Bauen tückisch wurde.

In den folgenden Tagen und Wochen war er ganz froh, dass die Handwerker nicht flott angetrabt kamen, um die Mängel zu beheben. Denn dann hätte er sie ja auch gleich bezahlen müssen. Nur wegen der Kühlschranktür beschwerte er sich umgehend.

Als er alles zusammenrechnete, stellte er fest, dass das Haus viel teurer geworden war, als es der Kostenvoranschlag vorgesehen hatte. Statt 130 000 Mark beliefen sich die tatsächlichen Kosten auf 148 612,35 Mark.

Deshalb freute Bruno sich über jeden Mangel, den er fand.

«Hier», sagte er strahlend und fuhr mit der Hand über den Verputz im Keller, «alles ganz uneben!»

Trautes Heim – Glück allein?

Herr und Frau Hassert kamen in Gummistiefeln über den Erdwall zwischen den Grundstücken zu den Semmelings gestapft.

Michels, Wumme und Henke trugen Anzüge. Rasche und Schlehberger ebenfalls; die Kollegen hatten ihre Frauen dabei.

Alle Besucher brachten Blumen für die Dame des Hauses mit.

Bruno machte Feuer im Kamin. Zum ersten Mal, seit sie eingezogen waren. Dieses freudige Ereignis hatte er sich aufgehoben für den offiziellen Einweihungsbesuch.

Trudchen bat die Gäste, ihre Schuhe sauber zu wischen. «Sie wissen ja, der Teppichboden ist doch etwas empfindlich», sagte sie entschuldigend und reichte den Gästen Lappen. «Und der Regen hat den Boden etwas aufgeweicht. Aber der Weg wird in allernächster Zeit asphaltiert. Das wissen wir aus sicherer Quelle.»

Wumme und Michels grinsten einander an.

Herr und Frau Hassert zogen einfach ihre Gummistiefel aus und ließen sie vor der Tür stehen. Sie waren das schon gewohnt.

Herr Schlehberger sah sich bewundernd um. «Sehr schön haben Sie's hier!»

Und Rasche meinte fachmännisch: «Und prima gebaut.» Er klopfte gegen eine Wand.

Frau Schlehberger sagte zur Gastgeberin: «Wir schauen uns dann nachher noch alles ganz genau an, ja?»

Trudchen nickte stolz. «Selbstverständlich, gern!»

«Und die Stille hier», sagte Rasches Frau, «wunderbar!»

Die Gäste betraten das Wohnzimmer, wo Bruno sie begrüßte und zwischendurch immer wieder das Feuer schürte.

Frau Hassert nahm ihre Nachbarin beiseite. «Und, gefällt's Ihnen jetzt hier draußen?», fragte sie.

«Ach», sagte die Gastgeberin, «wenn ich so durch mein Haus gehe und in den Garten hinaussehe … Wir haben es, glaube ich, richtig gemacht.»

Frau Hassert nickte wissend.

Vom Wohnzimmerfenster aus erklärte Bruno den Gästen die schöne Aussicht: «Da drüben – die Pferdekoppel. Und da hinten – der Wald. Und *da* rüber hat man einen ganz weiten Blick, bis nach Hansdorf hin!» Unglücklicherweise war von der ganzen Pracht nicht viel zu sehen. Vor dem Panoramafenster türmte sich ein riesiger Erdhaufen. «Leider ist gerade heute der Mutterboden für den Garten gekommen», sagte Bruno entschuldigend.

«Macht nichts», sagte Schlehberger gutmütig, «man kann es sich trotzdem sehr gut vorstellen!»

Auch das Wohnzimmer gefiel allen.

«Ein Kamin!» Frau Schlehberger staunte. «Wie gemütlich! Und dieser Platz! Der reine Tanzsaal! Da könnt ihr aber Feste feiern!»

Die Gäste nahmen auf der Couch Platz. Dabei sprang hier und dort ein Sitzelement nach hinten. Andere Gäste kippten seitlich weg. Bruno und Trudchen schoben die Teile eifrig an ihren Platz zurück, damit niemand vom Sofa fiel.

«Sie hat ihre Macken», gab Trudchen zu, «aber sie war sehr preiswert.» Sie trug ein hochgeschlossenes violettes Kleid, das perfekt mit der Farbe der Couch harmonierte.

«Was seid ihr zu beneiden!», schwärmte Rasche.

«Wann seid *ihr* denn so weit?», fragte Trudchen interessiert.

Rasche stöhnte. «Bei mir muss der Bau noch austrocknen …»

Wumme und Michels schauten einander vielsagend an. Wumme grinste.

Bruno schürte das Feuer im Kamin und legte Holzscheite auf.

Trudchen servierte Kaffee und Kuchen.

Aus dem Kamin quoll Rauch. Anfangs bemerkte es niemand. Dann schnupperte Wumme irritiert und schaute zur Deckenlampe hinauf. Bläuliche Wolken umwogten die Lampe.

Wumme sah prüfend zum Kamin hinüber. Knauster!, dachte er. Das war ja wieder tolle Arbeit!

Die ersten Gäste begannen zu husten. Bruno stand auf und stocherte im Feuer herum. Dadurch entwickelte sich nur noch mehr Qualm.

Herr und Frau Hassert standen auf und verließen das Zimmer. Rasche und Schlehberger folgten mit ihren Frauen, Trudchen ebenso.

Der Rauch im Zimmer wurde immer dichter.

Michels sagte zu Bruno: «Das muss das falsche Holz gewesen sein, zu nass. Sie müssen trockenes Holz nehmen!»

Bruno hustete. Seine Augen tränten. «Versteh ich gar nicht», murmelte er und runzelte die Stirn.

Auch Wumme, Michels und er verließen nun das Wohnzimmer und gesellten sich zu den anderen in den Flur.

Wumme sagte zuversichtlich: «Das Mauerwerk ist noch feucht. Wenn Sie das drei, vier Mal durchheizen …»

Frau Hassert mischte sich ein: «Haben wir bei uns schon gemacht, aber ich fürchte, wir wohnen in einer schlechten Kamingegend.»

Unter der Tür quoll Rauch hervor und breitete sich im Flur aus.

Michels und Wumme sahen einander an. Beinahe unmerklich schüttelten die beiden Fachleute die Köpfe. Offenbar lag jedes Haus, das sie bauten, in einer «schlechten Kamingegend».

Einmal im Leben – Eine Fernsehserie hält die Nation in Atem

Anfang der siebziger Jahre – die Ölkrise war noch nicht angebrochen – hielten viele Deutsche die Zeit für reif, dass auch der kleine Mann sich endlich daranmachte, Grund- und Hausbesitzer zu werden. Landauf, landab wuchsen die Neubaugebiete – doch der Weg zum eigenen Heim erwies sich in aller Regel als ziemlich mühevoll. Das musste auch der NDR-Produktionsleiter Günter Handke erfahren, der mit haarsträubenden Erlebnisberichten von der eigenen Baustelle seine Kollegen beim Fernsehen so nachhaltig erheiterte, dass schließlich der Fernsehspielchef Dieter Meichsner hellhörig wurde. Er setzte seine neue Regiehoffnung Dieter Wedel auf die Geschichte an, und Handke wurde Co-Autor eines Fernsehdreiteilers, der die fiktive Familie Semmeling auf ihrem Leidensweg zum Eigenheim begleitete.

Gedreht wurde vor den Toren Hamburgs in Henstedt/Rhen, in authentischem Setting: Eine Architektenfirma hatte eine ihrer Baustellen für die Dreharbeiten zur Verfügung gestellt. Es kam, wie es zu kommen pflegt, die Bauarbeiten sollten am 10. Mai beginnen und begannen am 1. Juni. Bis zum Richtfest ging es zügig voran, dann, nachdem die Handwerker ihre erste große Zahlung bekommen hatten, trat die Pause ein. Genau wie es im Drehbuch stand.

Die Erstausstrahlung des Dreiteilers schlug ein wie eine Bombe. Der «Spiegel» titelte im Feburar 1972: «In die Seele vieler Bundesbürger griff im letzten Monat, offenbar nachhaltiger als Banden-Kriminalität, Preissteigerungen und Ostpolitik, das dreiteilige Fernsehspiel ‹Einmal im Leben›.» Angesichts einer Einschaltquote von 47 Prozent war das kaum übertrieben. Tausende kleiner Bauherren fühlten sich erstmals verstanden, schrieben

Wedel Briefe über ihre eigenen Erfahrungen. Der Bund Deutscher Architekten dagegen verlangte eine Podiumsdiskussion aller «betroffenen Gruppen», man riet den Filmemachern, «in die DDR abzuwandern», und BILD fragte in großen Lettern: «Sind die Handwerker wirklich so wie in der Fernseh-Serie?» In den Ansagen zum zweiten und dritten Teil sah sich der NDR daher genötigt, darauf hinzuweisen, dass es sich bei dem Dreiteiler nicht um eine Dokumentation, sondern um die subjektiven Erfahrungen eines Mitarbeiters handele. Die Kritiker jedenfalls zeigten sich begeistert, und die Serie brachte Handke und Wedel eine Goldene Kamera ein.

Ende gut – alles gut? Anlässlich der Wiederholung von «Einmal im Leben» im Januar 1974 berichteten die Zeitungen über die echten Eigentümer des Hauses, eine dreiköpfige Familie namens Fischer. Für sie war der Hausbau-Ärger noch immer nicht ausgestanden: Durch das Dach pfeife der Wind, die Heizung funktioniere noch immer nicht, und der Kamin, der laut Drehbuch nicht brennen durfte, tue es auch in Wirklichkeit nicht. «Einmal im Leben – und nie wieder!», so das Fazit des Familienvaters.

Stab & Darsteller

Darsteller

Antje Hagen
Fritz Lichtenhahn
Günter Strack
Hans Korte
Til Erwig
Eva Brumby
Franz Rudnick
Helmut Oeser
Hans Häckermann
Gernot Erdmann
Bernd Wiegmann
Hans Zander
Edgar Bessen
Hans-Helmut Dickow
Hermann Günther
Uwe Dallmeier
Dagmar Berghoff
Horst Werning
Christine Sag
Kurt Buecheler
Katharine Treller

Astrid Fournell
Wolfgang Hagemeister
Michael Henning
Peter Petran
Gerhard Olschewski
Fritz Hollenbeck
Joachim Tennstedt
Peter Schmittinger
Karl-Ulrich Meves
Joachim Richert
Hubert-Paul Mittendorf
Herbert Leonhardt
Herbert Steinmetz
Hans-Jürgen Ott
Horst Reckers
Michael Henning
Gottfried Kramer
Heinz Fabian
Malte Petzel
Angela Pschigode
Renée Hepp

Regie	Dieter Wedel
Buch	Dieter Wedel
	Günter Handke
Kamera	Hans-Joachim Theuerkauf
	Kurt Weber
	Eberhard Schmiel
Ton	Günter Bock
Szenenbild	Albrecht Becker
Kostüme	Ingeborg Wolff
Maske	Irene Lohmann
Regieassistent	Heidi Ramlow
Aufnahmeleitung	Ludwig Swoboda
	Adrian Rufer
Schnitt	Irene Brunnhöver
	Mirjam Hipp
Musik	Günter Handke
	Klaus Munro
Produktionsleitung	Hermann Noelle
Produktion	Dietmar Meichsner
Fachberatung Architekten	Peter Seibert
	Achim Korthals
	Wolfgang Schwertinski

Dieter Wedel / Ulrich Hoffmann
DIE AFFÄRE SEMMELING

Der Roman zum neuen ZDF-Fernsehfilm von Dieter Wedel
Wunderlich

Die Familie Semmeling ist deutschen Fernsehzuschauern aus den erfolgreichen Mehrteilern von Dieter Wedel «Einmal im Leben» und «Alle Jahre wieder» bestens bekannt. In «Die Affäre Semmeling» treffen wir die Familie dreißig Jahre nach ihren Abenteuern beim Hausbau wieder. Durch eine unerwartete Erbschaft geraten die Semmelings nun in das Räderwerk von Steuerfahndung und politischen Interessen.

Elke Heidenreich

Elke Heidenreich, geboren 1943, lebt in Köln. Seit 1970 freie Autorin und Moderatorin bei Funk und Fernsehen. Bekannt wurde sie als Metzgersgattin Else Stratmann, die es elf Jahre lang als Hörfunkfigur gab. Die aus der «Brigitte» bekannte Kolumne mit dem Titel *Also ...* – bei *rororo* auch als Taschenbuch lieferbar:

Also ... *Kolumnen aus «Brigitte»*
(rororo 12291 und als Großdruck 33144)

Also ... *Kolumnen aus «Brigitte» 2*
(rororo 13068)

Also ... *Kolumnen aus «Brigitte» 3*
(rororo 13758)

Also ... *Kolumnen aus «Brigitte» 4*
(rororo 22491)

«Darf's ein bißchen mehr sein?» *Else Stratmann wiegt ab*
(rororo 15462)

«Datt kann donnich gesund sein» *Else Stratmann über Sport, Olympia und Dingens ...*
(rororo 12527)

«Geschnitten oder am Stück?» *Neues von Else Stratmann*
(rororo 15660)

«Mit oder ohne Knochen?» *Das Letzte von Else Stratmann*
(rororo 15829)

Kein schöner Land *Ein Deutschlandlied in sechs Sätzen*
(rororo 15962)

rororo Unterhaltung

Am Südpol, denkt man, ist es heiß
(rororo 22803)

Erika *Die Liebe. Der Hund wird erschossen. Erika*
(rororo 22972)

Dreifacher Rittberger *Eine Familienserie*
(rororo 12389)

Kolonien der Liebe
Erzählungen
176 Seiten. Gebunden, als rororo 13470 und als Großdruck 33119
«Elke Heidenreich sichert in ihren Texten Spuren der Nähe und findet den adäquaten Ton für etwas, was den meisten Menschen bei aller Häufigkeit unbegriffen geschieht: Zuneigung, Zärtlichkeit, Liebe.» *WDR*

Elke Heidenreich liest Kolonien der Liebe
1 Toncassette im Schuber
(Literatur für KopfHörer 66030)

3693/5

Tania Blixen

«Jenseits von Afrika», der Film nach ihrem 1940 erschienenen Roman «Afrika – dunkel lockende Welt», hat **Tania Blixen** weltberühmt gemacht. Geboren wurde die Dänin Karen Christence Dinesen 1885 auf dem Familienbesitz Rungstedlund. Mit ihrem Ehemann ging sie 1914 nach Kenia. Dort verliebte sie sich in den gutaussehenden Denys Finch-Hatton – ihre große Liebe, die tragisch endete. In Afrika entdeckte sie auch ihr literarisches Talent und begann zu schreiben. Tania Blixen starb im September 1962.

Schicksalsanekdoten
Erzählungen
(rororo 15421)
«Es ist eine kleine Kostbarkeit, die dem Leser da an die Hand gegeben wird. Es ist eine Lektüre, wie man sie selten findet ...»
Stuttgarter Zeitung

Schatten wandern übers Gras
(rororo 13029)

Briefe aus Afrika *1914 –1931*
Herausgegeben von Frans Lasson
(rororo 13224)

Sieben phantastische Geschichten
(rororo 22246)

Mottos meines Lebens
Betrachtungen aus drei Jahrzehnten
(rororo 13190)

Gespensterpferde *Nachgelassene Erzählungen*
(rororo 22682)

3204/9

rororo Literatur

Jenseits von Afrika
(rororo 22222)

Karneval *Erzählungen*
(rororo 22172)

Rache der Engel *Roman*
(rororo 22701)

Wintergeschichten
Erzählungen
(rororo 23126)

Judith Thurman
Tania Blixen *Ihr Leben und Werk*
(rororo 13007)
«Eines der besten Bücher der letzten Jahre.» *Time*

Tanja Blixen
dargestellt von Detlef Brennecke
(bildmonographien 50561)

Weitere Informationen in der **Rowohlt Revue**, kostenlos im Buchhandel, und im **Internet: www.rororo.de**

James Herriot

James Herriot ist das Pseudonym des britischen Tierarztes James Wight, geboren 1916. Er lebte mit seiner Frau und seinen zwei Kindern in Nordengland, wo er bis zu seinem zweiundsiebzigsten Lebensjahr als Tierarzt praktizierte. James Herriot starb am 23. Februar 1995 in Thirsk in Yorkshire.

Der Doktor und das liebe Vieh *Als Tierarzt in den grünen Hügeln von Yorkshire*
(rororo 14393 und in der Reihe «Großdruck» 33133)
Warmherzig und humorvoll, mit nie versiegendem Staunen vor dem immer wieder neuen Wunder des Lebens erzählt James Herriot in den amüsanten Erinnerungen von der Tierarztpraxis in der wilden, einsamen Landschaft der Yorkshire Dales.

Der Tierarzt *Die zweite Folge der heiteren Tierarztgeschichten*
(rororo 14579 und in der Reihe «Großdruck" 33149)

Der Tierarzt kommt *Die dritte Folge der heiteren Tierarztgeschichten*
(rororo 14910 und als gebundene Ausgabe)
«Geschichten voller Heiterkeit, voller Witz und Nachdenklichkeit. Eine wunderschöne, entspannende Lektüre für den Sonntagvormittag auf dem Balkon oder für den Urlaub.»
Norddeutscher Rundfunk

Ein jegliches nach seiner Art *Neue Geschichten vom Doktor und dem lieben Vieh*
(rororo 13733)

3620/5

rororo Unterhaltung

Von Zweibeinern und Vierbeinern *Neue Geschichten vom Tierarzt*
(rororo 15460 und als gebundene Ausgabe)
«Das ist ein Herriot von der besten Sorte, ein Buster Keaton der Tiermedizin. Er bringt uns zum Lachen und zum Weinen, und er führt uns manche kleine Wahrheiten vor Augen, denen wir nachdenklich zustimmen ...»
Washington Post

Auf den Hund gekommen *Stories*
(rororo 13638, in der Reihe «Großdruck» 33141 und als gebundene Ausgabe)
Eine Auslese der aufregenden und nachdenklichen, humorvollen und melancholischen Hundegeschichten aus den Büchern des berühmten Tierarztes.

Alles für die Katz *Zehn schnurrige Geschichten*
(rororo 26275 und in der Reihe »Großdruck« 33171)